一瞬で治療していたのに役立たずと追放された
天才治癒師、
闇ヒーラーとして楽しく生きる
6
菱川さかく
Ill. だぶ竜

泥まみれの湿地の中で、
妙に超然とした
佇《たたず》まいの女は、
薄紅色の唇を開いて言った。
アスカ

「静かにして欲しい。
せっかく人が寝てるのだから」

ジョゼ
「わくわく大冒険が貴様を待っておるぞ」
カーミラ

ゼノス
ロア

「みんなの仇っ！」
送った視線の先に、
師匠の面影を宿した
少女がいる。

Contents

	プロローグ	002
第一章	聖カーミラ学園の船出	011
第二章	予期せぬ出立	032
第三章	野営地の夜	063
第四章	ザグラスの地	113
第五章	特級治癒師と闇ヒーラー	131
第六章	襲撃と追跡	169
第七章	剣聖の系譜	203
	エピローグI	252
	エピローグII	257
書き下ろし短編	彼女の印象	260

一瞬で治療していたのに役立たずと追放された天才治癒師、闇ヒーローとして楽しく生きる 6

菱川さかく　ILL. だぶ竜

プロローグ

鏡のように磨かれた床に、若い男の美顔が映り込んでいる。

すらりと伸びた背筋。無駄のない優雅な所作。深みのあるダークグレイの髪が、涼しげな瞳《ひとみ》の上で揺れている。一流の気品をその身にまとった男の歩く廊下を、壁際に飾られた一級の美術品たちが華やかに彩《いろど》っている。

精緻《せいち》な花模様の装飾が施された扉の前に男が立つと、脇《わき》に控えた使用人がゆっくりと扉を押し開けた。

「アルバート・ベイクラッド様が到着なされました」

貴族の頂点に君臨する七つの名家が一つ、ベイクラッド家の次期当主は、室内に静かに足を踏み入れると、右手で胸を押さえ、深々と頭を下げた。

「遅くなり失礼しました。父に代わって参りました」

遥か頭上にある天窓から、明るい陽射《ひざ》しが室内に降《ふ》り注《そそ》いでいる。

白を基調とした部屋中央の円卓には、既に六名の大貴族が腰を下ろしていた。

アルバートが席につくと、向かいの細目の男が咳払《せきばら》いをした。

「ご機嫌よう……と言いたいところだが、七大貴族筆頭とはいえ、あくまで貴公は次期当主。我々を待たせるとはどういう了見かな」

「申し訳ありません、ギース卿《きょう》。直前まで父と押し問答をしていたものですから。体調を崩している のに行くと言って聞かないもので、なだめるのに随分と手を焼きました」

アルバートが釈明を口にすると、ギース卿と呼ばれた男は再び軽い咳払いをした。

「あぁ、そうでしたな。お父上の具合はいかがかな」

「加齢と過労ですね。長年の重圧がたたったのでしょう」

「そうだといいがね」

「何がおっしゃりたいのです？」

「なんせ貴公の家は【謀略】のベイクラッド家だ」

ギース卿は体温を感じさせない瞳をアルバートに向けた。

ベイクラッド家の次期当主は朗らかに笑う。

「あはは、買い被りです。僕はまだまだ若輩者。父には到底敵いませんよ」

「そう願いたいものだな」

静かに応じた後、ギース卿は口の端をわずかに持ち上げた。

「ところで、レーデルシア学園の学園長の仕事はどうかね」

「意義深い仕事ですね。青少年たちと接していると心が洗われます」

「そうかね。わざわざFクラスを作って問題児を隔離したのに、誰《だれ》一人退学にすることなく、クラスを解散したと聞いたが」

「さすがに耳が早い。集中教育の甲斐があって素晴らしいクラスになってくれました」

「貴公のことだ。てっきり次期階級調整会議に向けて、クラスごと退学に追い込むつもりだと思っていたが」

「あはは、ギース卿も人が悪い。若者の未来を守るのが教育者の役割ですよ」

「面白《おもしろ》い冗談だ。貴公は教育者ではない。貴族社会の秩序の調停者だろう」

アルバートは微笑を浮かべて言った。

「ギース卿、我々大貴族は権力を使って影響力を行使します。しかし、世の中には地位も名声もなく、信念と実力のみで影響力を与える者がいるのですよ。ままならない、というのは貴重な経験でした。貴公にも是非体験して欲しいですね」

普段胸の内を見せない若き大貴族のどこか嬉《うれ》しそうな表情に、ギース卿は細眉《まゆ》をひそめた。

「……何の話だ?」

「ギース卿、それくらいにしておきましょう」

耳触りのいいバリトンボイスが会話に入ってくる。

穏健派として知られるフェンネル卿だ。

愛娘のシャルロッテと、アルバートが許嫁《いいなずけ》関係にあるという噂《うわさ》が独り歩きしているが、宴席での冗談の一種であり、正式なものではない。そもそも七大貴族同士の結婚は、国家の勢力図を左右しかねず、当事者だけで決定できるものではないのだ。

シャルロッテも本気にしていない様子だが、アルバートの本音を聞いた者はいない。

フェンネル卿は円卓を見回して言った。

「ただでさえ今月は重要な議題があると聞く。我々が一枚岩にならねばなりません、ギース卿」

「……わしは常々そう思っていますよ」

ギース卿は目を閉じ、背もたれに身体を預ける。

場が一旦《いったん》落ち着いたのを見て、部屋の隅に控えていた国家機関の職員がおずおずと前に出てきた。

「それではご一同、宜しいでしょうか。今期の七大貴族会議《セブンス》を始めさせて頂きます」

七大貴族会議《セブンス》。

貴族の最高権力者たちの集いであり、国家の方針を議論する場。

フェンネル卿がギース卿とアルバートのやり取りに水を差したのは、この会合での雑談一つが国家の舵取りに影響を与えかねないことを知っているからだ。

「本日はミネルヴァ卿から議題の提案がありました」

指名されたのは、ヴェール付きの帽子を頭に乗せた貴婦人だ。

妖艶な色香をまとった声で、彼女は言った。

「久しぶりに聖女様の予言があったわ。病が近づいている、と」

＋＋＋

貴婦人の一言を受け、ギース卿がわずかに背筋を伸ばした。

「それは本当かね、ミネルヴァ卿」

「あら、私が嘘《うそ》をついていると？」

「大事なことだから確認をしたいだけだ。病の程度は？」

「【最重症】」

弛緩《しかん》しかけた室内の空気に一気に緊張感が混じる。

ギース卿は組みかけた腕を止めた。

「【最重症】だと？　冗談ではあるまいな。【重症】ですら滅多に聞いたことがないぞ」

「聖女様のお言葉は絶対よ、ギース卿。我が国の繁栄の歴史を知らない訳ではないでしょう」

「……わかっている」

ギース卿は鼻を鳴らした。

「聖女様の予言は当たる。しかし、問題はそれが一体何で、いつどこで起こるかだ。最も肝心な部分がいつも曖昧《あいまい》だ」

「だから、我々がいるのでしょう。ギース卿」

フェンネル卿が横から口を出した。

「我々の元には国内外の多くの情報が集まる。それらの情報と権力を駆使して、これまでも国難に立ち向かってきたではないですか」

「ま、我々にも把握しきれない存在はありますがね」

アルバートが不敵に笑ったが、それは誰の耳にも届かなかった。

貴婦人然としたミネルヴァ卿がヴェールの奥の瞳を一同に向ける。

「誰か心当たりはあるかしら？　過去に【重症】の予言があった時は、伝染病で街が廃墟《はいきょ》になったり、自然災害で都市が滅んだこともあった。【最重症】の病の兆候を掴《つか》んでいる者は？」

「気になるのは帝国の動きだな」

円卓の一人がおもむろに言った。

近年急速に力をつけてきた隣国のマラヴァール帝国とは、国境の小競り合いが続いている。

「外ばかりに目を向けると足元をすくわれるぞ。国内の反乱の芽こそくまなく潰していくべきではないか」

別の者が意見を出した。

ハーゼス王国は厳格な階級制に支配された国家であり、市民たちの体制への不満を逸らすために貧民の存在があることは公然の事実である。

貧民同士がまとまらないように、亜人や犯罪者、少数民族といった勢力を敢《あ》えて乱立させた訳だが、一時期彼らをまとめる【仲裁者】の存在が噂されたことがあった。しかし、近衛師団の調査ではまとめ役の存在は否定され、上層部でも今は気にしている者は少ない。

大貴族たちの予想が錯綜《さくそう》する中、フェンネル卿がアルバートに目を向ける。

「貴公の意見は？」

「……」

アルバートは円卓を見渡した後、フェンネル卿に視線を戻した。

「近年、魔獣や魔物の動きが活発化してきているのはご存じですか？」

「いや……それは初耳だ」

「無理もありません。活発化と言っても、毎年少しずつ増えているというレベルですから、肌感覚としては変わりないように思えるでしょう。ただ、各地の冒険者ギルドへの依頼や討伐履歴を分析させると増加傾向がみてとれます。特にザグラス地方」

「ザグラス地方……？」

円卓を囲む大貴族たちがわずかにざわつく。

王都の南西に位置する険しい山々が連なる辺境だが、良質な鉱石が取れるため王国としては無視できない土地でもある。

「確か十年ほど前に災害級――Sランクの魔獣が現れたという噂がある場所だな」

情報は断片的で当時の魔獣の詳細についてはいまだにわかっていない。その後被害が拡大した訳でもないため、半ば忘れられている情報だ。

アルバートは一同を見渡して言った。

「七大貴族会議《セブンス》の合意が取れれば、冒険者ギルドに正式に調査依頼を出します」

「動きが早いな。さすが次期ベイクラッド卿だ」

フェンネル卿は感心したように頷《うなず》いたが、隣のギース卿はどこか面白くなさそうだ。

「ふん、人選はできているのかね？　有象無象を送り込んでも費用がかさばるだけだ」

アルバートはにこやかに頷く。

「少なくともブロンズランク以上の実力派パーティに限定する予定です」

「そんな曖昧な基準では、決め手に欠けるな」

「ご心配なく。【銀狼】に声をかけています」

「なに……？」

「素直に依頼を受ける人物ではないですが、今回は事前承諾を得ています」

「……」

唇を引き結ぶギース卿の横で、フェンネル卿が朗らかに笑った。

「素晴らしい人選だ。【銀狼】が動くなら、必ずや病巣を抉《えぐ》り出してくれよう」

「そう期待しましょう」

「ふん……確かに悪くないが、【銀狼】に見合うサポートは用意できるのかね」

あくまでけちをつけようとするギース卿に、アルバートは青みがかった瞳を向ける。

「サポートとは？　ギース卿？」

「例えば治癒師《ちゆし》だよ。最高の治癒師を用意できるのかね？　なんせ事は【最重症】の病だ。いかに【銀狼】とはいえ単独では厳しかろう」

「それでしたら、王立治療院に応援要請を出しています。院長のシャルバード卿が適任者を見繕ってくれるでしょう」

「……ならば、結構」

腕を組んで黙り込むギース卿に、恐縮するような笑みを向けながら、アルバートは別のことを考えていた。

最高の治癒師。

王立治療院には既に声をかけているが、実は他にも適任と思われる人物の顔が浮かんでいた。

しかし、それを口にしないのは、まだ彼の存在をこの場で公にしたくないからだ。

何も持たざる者でありながら、七大貴族の思惑をも超えた人物。

硬直した体制、内憂外患に囚《とら》われた国家の病にメスを入れうる者がいるとすれば、それは彼のような、囚われない者かもしれない。

行けと命令して動く人間ではないことは知っているが、一応布石《ふせき》は打った。

これは小さな賭《か》けだ。

もし縁があれば、彼は今回の試みに絡《から》んでくるだろう。そして、その縁が濃ければ、我々の運命はいずれまた交錯するだろう。

のるか、そるか。

元々賭けは好きじゃなかった。必ず勝つからだ。

――なのに……僕が誰かに期待するなんてね。

柄でもない己《おのれ》の思考に、アルバート・ベイクラッドは自嘲するように小さく笑うのだった。

第一章

聖カーミラ学園の船出

ハーゼス王国、王都。

最高権力者たる王族の住む王宮を、貴族居住区である特区が囲み、その周囲に市民の憩う街区が広がっている。王都の背後には手つかずの山林が聳《そび》え、忘れられた民の住まう貧民街はその山々と街区の間に位置している。

更に街区と貧民街の中間には、両者を隔てるように、かつて伝染病で滅んだ街——廃墟街《はいきょがい》が帯状に横たわっていた。

今、その一画に様々な種族の貧民たちが集結していた。

早く早くと周りから背中を押されながら、漆黒の外套《がいとう》をまとった男が集団の最前列に立った。

「おぉ、やっとできたな……」

治療が終えたばかりの無ライセンスの天才治癒師《ちゆし》、闇《やみ》ヒーラーのゼノスは肩で息をすると、ゆっくりと視線を上に向け、感慨を込めて言った。

「うん、できたよ、先生」

リザードマンの首領、ゾフィアが笑顔で口を開く。

「リンガは猛烈に感動している」

ワーウルフのボス、リンガは獣耳をぱたぱたと動かした。

「うむ、ようやくだな」

オークの頭領、レーヴェも筋肉質の腕を組んで頷《うなず》いた。

一同が見上げるのは、朝の陽射《ひざ》しを浴びた真新しい木造校舎。

廃墟街の放置された建物を、治療院の関係者たちが総出で改修した貧民のための学校である。

「ようやくだな」

師匠との出会いでゼノスの人生は変わった。

ここはその恩を次世代に還元する場所であり、そのために貴族の子弟の通う学園にわざわざ臨時教師として出向いたのだ。その甲斐あって生徒から初等教育を学び、七大貴族の令嬢の好意で大量の教科書を得ることができた。

「リリ、わくわくする……」

きらきらした目を学《まな》び舎《や》に向けたエルフの少女リリは、ふと気づいたように頬《ほお》に人差し指を当てた。

「ところで、学校の名前はどうするの？」

亜人たちが首をひねる。

「え？　学校は学校だろ」

「リンガも学校だと思う」

「うむ、学校以外の何物でもないぞ」

「いや、そうじゃなくて。ほら、貴族の学校はレーデルシア学園っていう名前だったし、せっかくだから名前があったほうがいいんじゃないかって」

「名前か……」

ゼノスが相槌《あいづち》を打つと、すぐにゾフィアが右手を挙げた。

「だったら、ゼノス学園じゃないかい？」

「いやいや、俺《おれ》はそんなえらそうな立場じゃないぞ」

ただの発案者であり、自分の名前を冠するのはなんだか気恥ずかしい。

「確かにゼノス殿の名前が目立つのはよくないとリンガは思う」

リンガが同意を示す横で、レーヴェがぱちんと手を叩《たた》いた。

「いいことを思いついたぞっ。闇営業の学校だから、暗闇《くらやみ》学園はどうだ？」

「リリ、そんな名前の学校にはあまり通いたくない……」

あれこれと案を出し合っていたら、リリの持つ杖《つえ》から、不穏な笑い声が響いた。

「くくく……」

最高位のアンデッドであるレイスのカーミラの声だ。

「名前の議論など無用じゃ。既に決まっておるからの」

「そうなの？」

「建物の側面を見てみい」

言われた通り校舎の横に回り込むと、歪《いびつ》な形の看板が木組みの壁に打ち付けられており、赤い塗料でかでかと文字が描かれていた。

「聖カーミラ学園……？」

「ふははははっ！　どうじゃっ、溢《あふ》れんばかりの気品と叡智《えいち》の詰まった名前だと思わんか。わざわざ夜なべをして看板から手作りしたんじゃあっ」

「暇か」

これほど死後の人生を謳歌《おうか》しているレイスが他にいるだろうか。

高笑いを響かせる杖を、ゼノスは横目で眺める。

「……ま、いいけどな。名前はないよりあったほうがいいと思うし」

「え？」

亜人たちも口々に賛同を示した。

「そうだね、あたしも異論はないよ」

「いやいや」

「リンガも賛成。もし中央から学校の存在を咎《とが》められた時に、存在しない人物の名前をつけておいたほうが都合がいいと思う」

「存在しとるが？」

「うむ、守護霊に守られている感じもするしな」

「誰《だれ》が守護霊じゃっ！」

なぜか杖から、がっくりした声が聞こえる。

「え～……」

誰も突っ込まないと、それはそれで納得いかないらしい。

「リリもいいと思う。なんだか縁起がよさそうな名前だもん」

「貴様ら、わらわが最高位アンデッドであることを忘れておらんか……？」

不満げなレイスを伴って、一同は聖カーミラ学園の校舎内に足を踏み入れた。

建物は三階建てで、一階が教室、二階に図書室や多目的室や食堂、三階に講堂がある。

三階の講堂に赴くと、既に通学を希望した貧民の子供たちが勢ぞろいしていた。

「じゃ、先生。一言頼むよ」

「リンガもそう言おうと思っていた」

「ゼノスの一言がなければ始まらんな」

「そういう柄じゃないんだがなぁ……」

確か貧民街の夜祭りでも、開会の挨拶《あいさつ》を任された気がする。とはいえ、今回は発案者でもあるので、何も言わない訳にもいかないだろう。ゾフィアたちに促され、ゼノスは頭を掻《か》きながら子供たちの前に立った。

真剣な表情をした子供たちの視線を受け、ゼノスは言った。

「夢は…………きっと叶《かな》う」

子供たちの年齢はばらばらで、様々な種族の亜人がいるし、人間もいる。

共通しているのは王国の底辺に位置付けられているという点だけだ。

ゼノスは生徒となる少年少女を見渡した。

「――なんて、綺麗《きれい》ごとを言うつもりはさらさらない。この国は貧民にはとことん厳しいし、国籍もない俺たちはたとえ外国に行っても厄介者扱いだ。そもそも夢以前に明日食べるものの心配が先だという奴《やつ》らも多いと思う」

何人かが諦《あきら》めたように笑い、何人かはその通りとばかりに悲しい顔で頷く。

「だから、自分たちの居場所は、自分たちで確保しよう。そのためには知恵がいる。知識がいる。技術がいる。そして、仲間がいる。ここがそういう場所になったら嬉《うれ》しいと思っている」

師匠の笑った顔を思い出しながら、ゼノスは続けた。

「いつか、夢はきっと叶う、と言った時に、誰も笑ったり悲しんだりしないような場所になるといいよな」

「ゼノス……」

リリの声を耳にしながら、ゼノスは一同を指さした。

「……っていうのは建前《たてまえ》だ。とりあえず子供の利用料は無料だが、出世払いが大前提だからな。大いに勉学に励んで、大いに出世して何倍にもして還元しろ。対価のない労働はごめんだからな。絶対だぞ！」

一瞬の沈黙の後、すぐに講堂から割れんばかりの拍手が巻き起こる。

思わぬ反応にゼノスは二、三度瞬《まばた》きをし、頰をぽりぽりと搔きながら後ろに下がった。

「こうして、後に何人もの偉人・要人を輩出することになる伝説の私塾、聖カーミラ学園の歴史が幕を開けたのだった――」

「……なに、その実況？」

壁に立てかけた杖が、ぶるりと震える。

「くく……レイスの予感は当たるからの」

+++

「じゃあ、早速授業とやらを始めようかい」

ゾフィアの号令で、聖カーミラ学園の第一号の生徒約三十名が、一階の教室に移動する。

学校の運営としては、とりあえずは週1回午前中の授業から始め、昼食を取って解散という流れにしている。まずは座って授業を受けることに慣れてもらう必要があるからだ。その後は子供たちの状況を見て少しずつ変えていく予定だ。

ゼノスや亜人の頭領たちが後ろで見守る中、記念すべき最初の授業の担当教師が、硬質な靴音とともに教室のドアを開けて入ってきた。

ふわりと揺れるブロンドの髪。光沢のある手製のブラックスーツに身を包んだのは――

「ふふふ、リリ先生と呼びなさい！」

眼鏡《めがね》をかけたエルフの少女だった。

「なぜ眼鏡……」

教師役が眼鏡をかけているのはどこかで見た光景だ。

「みんな、おはよう！」

「リリ先生、おはよー！」

子供たちの元気のある挨拶を浴びて、リリは「むふふ」と口の端を上げる。

貴族学園ではイリアという元市民の少女から家庭教師のような形で初等教育を学んだ。特にリリはゼノスが教員業務に勤しんでいる日中もこつこつと勉強をしていたようで、王国の初等教育の基礎は大体掴《つか》んだようだ。

リリはこほんと咳払《せきばら》いをして、教室を見渡した。

「では、授業の前に、補助教員を紹介します」

幼い教師の案内で中に入ってきたのは、リリと同じくブラックスーツをまとったリザードマンの男だ。

「ガキ共ぉ、しっかり勉強しろよぉ」

柄の悪い一言を放つその補助教員は、ゾフィアの弟ゾンデである。

「あいつが先生役だなんてねぇ」

弟の雄姿を眺めたゾフィアが感慨深そうに眼を細めた。

突発的に診療が入るゼノスは、いつも授業に立ち会える訳ではなく、リリは下手をすると生徒よりも年下のため、教室をまとめられるかわからない。

そこで校舎の改修とともに、補助教員の選定を行ったのだ。

教科書を使って勉強会を開いたところ、意外にも好成績を上げたのがゾンデだった。

ゾフィアの右腕として盗賊団の実質的な組織運営や金銭管理を担っている経験が活きた形だ。

「くはは、嫌というほど計算させてやる。数字の悪夢を見やがれぇ」

どこぞの悪役にしか見えないが、台詞《せりふ》そのものは至って真剣である。

いや、真剣なのか？　よくわからなくなってきた。

ちなみにゾンデもしっかり眼鏡をかけている。

「それじゃあ、教科書をめくって下さい」

リリの一言で、最初の数理の授業が始まった。

教科書を示しながら、リリが数字の読み方と書き方から解説を始めている。

当面はリリとゾンデの二人で読み書きと計算を教え、時々ゼノスが歴史や地理や治癒魔法学、必要に応じて亜人の頭領たちが生きる知恵のようなものを教える予定だ。

簡単な数字を学んだ後、リリは眼鏡の端を押し上げて言った。

「みんないいですね。じゃあ、次は足し算のお勉強をします」

闇市《やみいち》で手に入れた黒板に、リリが「１＋１」などの単純な数式を書いて解説をする。

「じゃあ、わかる人」

「はい」「はいっ」と何人かの子供たちから手が上がる。

「おぉい、正解だ。やるじゃねえか、坊主っ。うちの盗賊団に入るか？」

指を使って必死に数える子供たちに、ゾンデが謎《なぞ》の褒め方をしている。

そんな感じで初回の授業は和やかな雰囲気で進んでいったが、ふいに教室の後ろで声がした。

「なんか、物足りねー」

気怠《けだる》そうに机に片肘をついているのは、褐色肌の少女だ。

年は十代半ばくらいで、草原を思わせる新緑色の髪を後ろで一つにまとめている。しなやかな体躯と、子供にしては鋭い眼光が、どこか野生みを感じさせた。

「ほぅ……」

ゾンデが眼鏡のブリッジを中指で押し上げる。

「俺たちの授業にケチをつけるとは、いい度胸じゃねえか、ロア」

「ケチつける訳じゃないけど、数字だの計算だのちまちまやるんじゃなくてさ。あたしは剣士になって冒険者をやりたいんだ。もっとそういうことを教えてくれよ、ゾンデ」

「ええと……」

ゼノスはゾンデと少女を見比べる。

あまり見かけない娘だ。少なくとも今まで治療院に来たことはないはず。

「あいつはクミル族出身で、数年前に貧民街に流れ着いたんだ。身寄りもないから、時々うちで飯食わせたり、面倒見てやってるんだよ」

隣のゾフィアが溜《た》め息《いき》をつきながら言った。

クミル族は狩りで生計を立てる山間の少数民族だった気がする。

ゾフィアは腕を組んで、少女に諭した。

「ロア、貧民は冒険者にはなれないんだ。無理言うんじゃないよ」

「だって……」

少女は不満げに口を尖《とが》らせると、ゼノスに髪と同色の瞳《ひとみ》を向けた。

「あんたゼノス先生だろ。昔冒険者をやってたって聞いた」

「まあ……一応な」

とは言え、正式な冒険者資格を持っていた訳ではなく、今思えばパーティに付随した無償の便利屋だった。それでも各地を冒険したのは事実だ。

「なあゼノス先生、冒険って楽しいんだろ?」

「え、俺に冒険者時代の話を聞く? いい思い出はないが?」

「え?」

困惑するロアを前に、ゼノスはぽりぽりと頭を掻く。

「いや……いい思い出がないのはパーティに関してだな。冒険そのものは確かに楽しかったよ。世界の広さを少しは知ることができた」

黄金に輝く稲穂の海。

極彩色の蝶が空を舞う丘。

無数のアンデッドが巣食う旧大貴族の巨大邸宅。

いまだ底にたどり着いた者がいないと言われる地底洞窟。

世界は謎と不思議に満ちている。

冒険者ギルドは友好国のギルドと提携しているため、資格があれば外国にも入れるし、ランク次第で、特殊な土地の探索も許可される。

「へ～」

さっきまでとは打って変わって、ロアの目がきらきらと輝いた。

「そう、そういう話が聞きたいんだ！」

興奮して立ち上がったロアを見て、ゾフィアが再び溜め息をつく。

「先生からも言ってやっておくれよ。ロアの奴、勝手に冒険者の真似事《まねごと》をしてるみたいでさ」

「冒険者の真似事？」

「噂《うわさ》で聞いたけどさ、裏山の魔獣を狩ったりしてるんだろ」

ロアは悪びれる様子もなく、胸を張った。

「いいじゃん。実績を作って、冒険者ギルドがあたしを認めざるを得なくしてやるんだ」

「危ないだろ。あんたはまだ子供なんだ」

ゾフィアの忠告にも、ロアは余裕の笑みで返す。

「心配いらないよ。なんせあたしは剣聖の娘だから」

「剣聖……の娘？」

ゼノスが問うと、ロアは嬉しそうに頷いた。

「そう、ゼノス先生も冒険者やってたなら知ってるだろ。剣聖と呼ばれた男。何を隠そう、あたしはその血を引いてるんだ！」

「出た、ロアの嘘《うそ》」

「嘘つきロア」

すぐに他の子供たちが少女をからかう。

「嘘じゃねえって！」

やり合う子供たちを前に、ゼノスは腕を組んで言った。

「俺がやってたのもある意味冒険者の真似事みたいなもんだから、強くは言えないが……冒険は楽しいこともあるけど、同時に厳しいぞ。魔獣や魔物は相手が子供だからって決して手加減してくれないからな」

むしろ中には子供を積極的に狙《ねら》ってくる魔獣もいるくらいだ。

「ふん……夢を語っても誰も笑わない学校にするんだろ」

「まあ、そうだが……ただ、冒険をするには依頼状の確認や交渉、金銭管理もいる訳で、読み書き計算は必要だぞ」

「わ、わかってるよ。少しならできるし」

ロアは唇を尖らせて、大人たちと子供たちを睥睨《へいげい》する。

「ま、いいや。いずれ皆があたしの腕を認めることになるからさ。じゃ」

「ちょっと待ちな、ロア」

ゾフィアの制止も聞かず、ロアは軽《かろ》やかな身のこなしで教室を出て行った。

「ったく……勝手な奴なんだから」

「あいつ、昔の姉さんみたいだよ」

「やかましいよ、ゾンデ。ま、だから放っておけないんだけどさ」

リザードマンの姉弟が困り顔で嘆息する中、壁に立てかけた杖がぶるんと一度震えた。

「何かが始まる予感がするのぅ……」

＋＋＋

聖カーミラ学園の初回授業とその後の給食が終わり、総括も兼ねていつものメンバーが治療院に集まった。

「どうだったかな……？」

リリが不安そうに皆を見回す。

「わかりやすくてよかったぞ。手を動かす課題が多いから、飽きずにできてたと思うし」

「ほんと、よかった！　緊張した……」

ゼノスが褒めると、リリは安堵《あんど》の息を吐いて、ゾンデと顔を見合わせた。

「リリ、眼鏡があったからなんとかなった」

「そうだな、眼鏡に助けられたぜ」

「そろそろちゃんと言っておくけど、眼鏡にそんな力はないぞ……？」

話題はそのままクミル族の少女に移る。

ゾフィアがやれやれと肩をすくめた。

「ロアも困った奴だよ。大人の言うことなんか聞きやしないんだから。あれじゃいつか痛い目をみるよ」

「やっぱり姉さんそっくりだ」

「一言多いよ、ゾンデ。ま、確かに昔の自分を見ている感じはするけどさ」

「ゾフィア。クミル族って、もしかして……」

ワーウルフのリンガが少し神妙な表情を浮かべた。

「ああ、そうさ」

「どういうことだ？」

レーヴェが首を傾げると、ゾフィアは椅子《いす》で足を組んで言った。

「知らないかい？　クミル族は集落に分かれて住んでるんだけど、結構大きな集落の一つが十年くらい前に魔獣の襲来で壊滅したんだ。ロアはその集落の生き残りなのさ。あんまり詳しく話してくれないし、こっちも聞かないけどね」

「なるほど……あの娘《むすめ》が魔獣狩りをしているのはそういう背景もあるのかもな」

「できれば、ほどほどにして欲しいけどな」

ゼノスは紅茶のカップを手に取って言った。

貧民街の外側には手つかずの山林が広がっており、魔獣が姿を現すこともある。

国家はその際の防護壁として、敢《あ》えて貧民街を放置しているらしい。現れるのは小型魔獣が中心だが、場所によっては獰猛《どうもう》な魔獣に出くわすこともあるのだ。クミル族は元々狩りが得意な民族らしいが、それでも危険はある。

「確か剣聖の娘って言ってたけど……そもそも剣聖って何？」

小首を傾げるリリに、ゼノスは紅茶を飲み干して答えた。

「その時代の随一の剣士を剣聖って呼ぶんだよ。確か当時は【雷神】っていう通り名の男だったはず。剣技が速すぎて雷みたいだって」

パーティリーダーだったアストンが憧《あこが》れて、剣の実験台にされかけた忌々しい記憶がある。身を守るために防護魔法を独学で習得せざるを得なかった訳だが、今ではそれが色んな場面で役立っているので人生とは本当にわからないものだ。

「娘って本当かな？」

「弟子がいるって噂はあったけど、娘がいるって話は聞いたことないな……いずれにせよだいぶ前に【雷神】は消息不明になっていて、今は別の剣聖がいるはず」

行方《ゆくえ》不明になった元剣聖。

病気で亡くなったという説や、剣を捨て山にこもっているという説などが現れては消えていったが、真実を聞いた者はいない。

その後、新たに剣聖と呼ばれる者がいたはずだ。

冒険者をやっていた時に聞いた記憶はあるが、名前が思い出せない。

「リリ、そういえば冒険者のこと全然知らない」

「あたしも詳しくはないねぇ」

「リンガも」

「我らには縁のないものだと思っているからな」

「そうだなぁ……」

ゼノスは診察椅子にゆっくりと腰を下ろした。

「市民以上なら筆記試験と実技試験で冒険者資格が取れるんだ。パーティで活動している場合はパーティに、個人の場合は個人にランクが付けられる。普通はホワイトクラスから始まって、ブルー、レッド、ブロンズ、シルバー……みたいに、実績で段々ランクが上がっていくんだ」

「ゼノスのパーティはどのランクだったの？」

「最後はゴールドクラスだったかな。上から三番目……実質的には上から二番目のランクだ」

「すごい」

感心して手を叩くリリ。ゾフィアが軽く手を挙げて質問する。

「先生、実質的ってどういうことだい？」

「ええと……ゴールドクラスの上はプラチナクラスで、そこが一応の頂点なんだ。実は更に上にブラッククラスがあるんだが、桁違《けたちが》いの能力と実績が必要だから、目指そうと思って目指せるもんじゃない」

それもあって、ブラッククラスの冒険者には引退後に貴族になれる特別な権利が与えられる。実際貴族になるには、他にも推薦などの条件が必要らしく、全員がなれる訳でもないらしいが。

怪物。化物。奇才。人外。

そのように形容される突出した異能者のみがたどり着ける世界。

確か王立治療院の院長は元ブラックランクの冒険者だったはずだが、一つの時代に多くて数人いるかどうかの貴重な人材ということになる。

「ゼノスもロアちゃんみたいに、冒険者をやりたいと思うの？」

「うーん……冒険自体は嫌いじゃなかったけど、今はやることも沢山あるし、その気はないよ。そもそも貧民は普通そんな機会ないし」

「先生っ！」

ふいに治療院のドアが開いて、貧民街の子供たちが顔を出した。

「どうした？　誰か怪我《けが》でもしたか？」

尋ねると、先頭の亜人の子が肩で息をしながら首を横に振った。

「あのっ、俺たちロアと遊ぼうと思ってあいつの小屋に行ったんだ。そしたらロアはいなかったんだけど、中にこれがあって」

子供が握りしめた紙を差し出してくる。

それはぼろぼろの紙に手書きされた地形図だった。ぱっと見わかりにくいが、おそらく貧民街の外側に広がる山林の地図だ。ロアが作ったものだろう。

ところどころに丸印があり、お世辞にも上手とは言えない文字で簡単なメモ書きがある。

「6の月13日、一角ねずみ……7の月9日、穴豚二匹……これ、魔獣狩りの記録だな」

討伐魔獣の名前とその日付だ。

「あいつ、こんなものを……」

横から覗《のぞ》き込んだゾフィアがつぶやく。

そのまま紙面に目を滑らせていたゼノスは、ある一点で動きを止めた。

地図の右上にある丸印。本日の日付が小さく記されているが、討伐魔獣の記載はない。

おそらく今日向かう予定の場所なのだろう。

「ここは……」

ゼノスがわずかに目を見開くと、子供たちが不安そうに言った。

「先生。ロアの奴もしかして……」

「ああ、急いだほうがいいな」

「どうしたの、ゼノス？」

ゼノスは地図から顔を上げると、壁掛けの外套《がいとう》を手に取り、リリたちを振り返った。

「まずいぞ。あいつ危険区域に向かってる」

第二章

予期せぬ出立

「なんだよ、みんなして」

貧民街の外側に広がる山林を、悪態をつきながら進む少女がいた。

褐色の肌。草木を思わせる緑色の髪が風になびいている。

夏の盛りは過ぎつつあるとはいえ、まだ気温は高い。それでも繁った葉が陽射しを遮《さえぎ》るため、体を取り巻く空気はどこかひんやりしていた。

「あたしの実力も知らないくせに」

少数民族クミル族の少女ロアは、腰に下げた剣の柄に触れながら唇を尖らせる。

魔獣狩りに関して、周りはあまり好意的に受け取ってはいないようだ。

それでも貧民が冒険者になろうとするなら、何かしら大きな実績を作らなければならない。そして、自分の力なら必ずそれを達成できるとロアは感じていた。

自分は狩猟民族の出身で、剣聖の娘なのだから――

「……っ」

ロアはふいに足を止めた。

木陰の向こうに何かがいる。

空気の流れ。匂《にお》い。気配。狩猟民族として生まれ持った勘が、そう告げていた。

剣をゆっくりと鞘《さや》から抜き、息を殺しながら腰を落とし、ぺろりと唇を舐《な》める。

「今までとは違う……いい感じ」

これまで退治した魔獣は小物ばかりで大した実績にならないため、もう少し強い魔獣に挑戦するつもりだった。そこで目を付けたのが、危険魔獣の目撃頻度が多い『沼の森』と呼ばれるポイントだ。手作りの地図を持ってくるのを忘れたが、地形は大体頭に入っている。

『沼の森』はいつもぬかるんでいる湿地だ。足を取られないように慎重に木を回り込むと、自分の肩くらいの背丈の黒い塊がいた。

全身が泥にまみれた獣で、黄色く濁った牙《きば》の隙間《すきま》から粘液が垂れている。

──マッドウルフ。

沼地に生息する狼型の魔獣で、足の指の間に水かきがついており、こんな足場でも意外に素早く動ける。

おそらく比較的若い個体だ。子供なら近くに親がいるので要注意だが、このサイズなら単独行動と考えていいだろう。クミル族として山で狩りをしていた頃の記憶を思い出しながら、ロアは木陰の中を徐々に距離を詰める。

相手は微動だにしていないが、とっくにこっちの接近には気づいているだろう。

沼や木陰に潜んで獲物を待ち構えるのが、マッドウルフの狩りのやり方である。

更に一歩近づくと──

「ガアアウッ！」

射程距離と認識したのか、マッドウルフが一声吠《ほ》え、猛然と駆け出してきた。

泥飛沫《どろしぶき》が舞い、枝葉が派手に揺れる。

マッドウルフの獰猛《どうもう》な牙の一撃を、ロアは後ろへ跳んでかわした。すぐに追撃がくるが、それも空を切る。ロアは後方に跳んだ際に、背後にある木の幹に足をかけ、そのまま上空に飛び上がったのだ。

くるり、と空中で一回転をすると、剣先を下に向け、マッドウルフの脳天目掛けて降下した。

「ギャウッ！」

刃が真《ま》っ直《す》ぐ頭蓋骨を貫き、鈍い断末魔の呻《うめ》き声とともに、魔獣は沼地に倒れ伏す。

「へへ、どんなもんだい」

ロアは得意げに鼻をこすった。

魔獣の毛の一部を刈り取り、ポケットに入れる。討伐の証として持ち帰るのだ。

しかし、帰途につこうとしたロアは、ふいに足を止めた。

背後に何かがいる。

さっきとは一段違う雰囲気が、首筋をぞわりと撫《な》でる。

ゆっくりと振り返ると、繁みが強引《ごういん》に掻《か》き分けられ、真っ黒な巨体が姿を現した。

「……え？」

＋＋＋

「急ぐぞっ」

山林を疾走するのは、ゼノスと亜人の頭領たち、そしてレーヴェに肩車をされたリリだ。

リリまで連れてくるつもりはなかったが、生徒のことが気になるからとついてくることになった。

「ご、ごめん、レーヴェさん」

「構わぬ。我にはちょうどいい運動だ」

レーヴェはリリを肩に乗せている。その隣でゾフィアが言った。

「昔から近づくなって言われてるけど、『沼の森』ってのは何が危険なんだい？」

「あそこは魔獣の種類が少し違ったとリンガは思う」

リンガとゾフィアが走りながら会話をしている。やけに身のこなしが素早いのは能力強化魔法で脚力を強化しているからだ。ゼノスが横から補足した。

「マッドウルフっていう魔獣がいるんだよ。討伐ランクは確かC＋《プラス》だったかな」

裏山の手前側にいる魔獣はほとんどがFランクかEランクなので、文字通りレベルが違う相手だ。

リリが首をひねった。

「討伐ランクって何？」

「パーティにランクがあるように、魔獣にも討伐難易度でランクがつけられてるんだ。最低がFランクで、そこからE、D、C、B、Aと上がっていくんだ」

更に各ランクがA、A＋、A＋＋のように三つに分かれているのだが、Aランクが倒せればゴールドクラス相当の実績で、冒険者としては一流とみなされる。

「A＋＋が一番上なのかい？」

ゾフィアに聞かれて、ゼノスは首を振る。

「いや、更に上に特別ランクとしてSがつくランクがある。そこまで行くと災害級と言われて滅多に出会うことはないけどな」

実はその上にも、Zランクというものがある。

ただ、これは三百年前に滅ぼされた魔王のことなので、現代では欠番と考えていい。

「我もよくわからぬが、『沼の森』のC＋ランクの魔獣はそれほど危険なのか？」

「熟練の冒険者なら戦えるレベルではあるな」

レーヴェを横目で見ながら、ゼノスは答える。

ロアが腕利《うでき》きの狩人なら、意外とあっさり倒せてしまうかもしれない。

ただ、問題は——

ゼノスは足に力を込めながら、続きを口にした。

「あまり知られてないけど、『沼の森』にはマッドウルフを餌にする魔獣が現れることがあるんだ。アイアンコング。討伐ランクはB＋だ」

＋＋＋

「嘘《うそ》、でしょ」

ロアは目の前に現れた巨体を見上げて、声を震わせた。

猿型の大型魔獣で、硬質な毛皮がまるで鋼のように逆立っている。

血のような深紅の瞳《ひとみ》がロアを正面から見据え、全身から立ち昇るむき出しの殺気に、自然と膝《ひざ》が折れそうになる。

——アイアンコング。

無類の身体能力を誇る上に、魔獣の割に知能が高く、非常に厄介な相手だ。獲物の接近に気づかないなど普段はないことなのに、マッドウルフとの戦闘に気を取られて反応が遅れた。

「逃げ……いや、駄目だ」

ロアは後ろに下がりかけた足を止める。

こういう魔獣を倒してこそ、実績になるのだ。

「ゴアアアアアッ！」

アイアンコングが吠えた。波動で大気が揺れ、沼地が波打つ。

しかし、怯《ひる》んではいけない。アイアンコングは獲物を脅して反応を観察するのだ。

直後、頭上から振り下ろされた手を、ロアは咄嗟《とっさ》に身体をひねってかわした。強烈な一撃が地面をえぐり、泥土が盛大に舞う。

「食らえっ！」

そのまま回転しながら、ロアはアイアンコングの首筋へと剣を突き出した。

だが――

キィン、という甲高い音とともに、剣身がその半ばからぽっきり折れた。くるくると舞った剣先は、繁みの奥へと消えていく。

直後、敵の第二撃が斜め下からやってきた。反射的に剣の柄で相手の腕を止めるが、勢いでそのまま宙へと跳ね飛ばされ、木の幹に背中から激突する。強い衝撃に、一瞬息が止まった。

「う、ぐっ」

そのままずるずると沼地に落下。温《ぬる》い泥の感触を頬《ほお》に感じながら、ロアは呻いた。

アイアンコングは低い唸《うな》り声とともに、獲物を観察するようにゆっくりと近づいてくる。

――まずい、まずい。

気だけが焦《あせ》るが、身体は動かない。

「……アっ！」

どこか遠くから声がする。

答えねば、と思いながらも背中が焼けるように熱く言葉が出ない。

――ちくしょう、こんなはずじゃ……。

アイアンコングは声に気を取られたのか、一瞬顔を上げて辺りを見渡した。

しかし、再び倒れ伏すロアに視点を合わせる。

鋭利な毛皮で覆《おお》われた丸太のような腕をゆっくり振り上げ――

「ロアっ！」

今度ははっきりと声が聞こえた。視線を巡らせると、遠い繁みの奥に見知った顔があった。

漆黒の外套《がいとう》をまとった治癒《ちゆ》師《し》ゼノスと、亜人の三頭領、そしてエルフの幼女。

しかし、まだ距離が遠く、何かができる距離ではない。ところが、何を思ったのか先頭のゼノスは突然身をかがめて石を拾い、それを投げてきた。

――そ、そんなことしたって……。

と、思ったが――

「ガッ！」

石は弾丸のように空気を切り裂き、アイアンコングの額に直撃。勢いでそのまま大型魔獣は後ろに倒れ、びくんと痙攣《けいれん》して動かなくなった。

「う、嘘だろ……先生、何者……？」

ロアが手をついて起き上がろうとした時、ゼノスの声が再び響いた。

「油断するなっ。アイアンコングは死んだふりをするっ」

「え？」

振り向いた時には、アイアンコングの姿は既にそこになかった。すぐ真横から生ぬるい鼻息が首筋にかかる。ゼノスの投石から逃れるように木の後ろに移動した猿型魔獣が、怒りに燃えた目で大きく牙を剥《む》いた。

「うわっ！」

「あの……」

思わず叫んだ瞬間、のんびりした声が鼓膜を揺らした。

いつの間にかアイアンコングのすぐ後ろに、別の誰《だれ》かが立っている。

女だ。

真っ白な肌。どこか眠たげな瞳に、輝く銀糸を丁寧に編み込んだような長い銀髪。

泥まみれの湿地の中で、妙に超然とした佇《たたず》まいの女は、薄紅色の唇を開いて言った。

「静かにして欲しい。せっかく人が寝てるのだから」

「グルアッ……⁉」

振り向いて咆哮《ほうこう》しようとしたアイアンコングが、動きを止める。

風が吹いた気がした。

やや遅れて、ひゅん、という鋭い音が鼓膜を叩《たた》く。

そして、ぼんやりと立つ女の前で、ゆっくりと、アイアンコングの頭から尾に向かって縦線が入っていった。

音を置き去りにした斬撃。

ようやく斬られたことに気づいたように、その亀裂から赤黒い鮮血が吹き出し、アイアンコングの身が左右に分かれる。

「へ……？」

「ロアっ、大丈夫かっ？」

大型魔獣が崩れ落ちるのと、ゼノスたちがロアの元にたどり着いたのは同時だった。

「え、これあんたがやったのかい？」

真っ二つになった魔獣を見つめて、ゾフィアが声を上げる。ロアはなんとか身を起こして首を横に振った。

「い、いや……あの人が……」

指さす先には、銀髪の女がやる気なさげに立っている。

腰には白い鞘が下げられているが、彼女が剣を抜いたようには見えなかった。

「あっ……思い出した！」

突然手を叩いたゼノスに、エルフのリリが尋ねた。

「何を思い出したの？」

「いや、前に【雷神】っていう剣聖がいて、今は別の剣聖がいるって話をしただろ」

ゼノスはその瞳を、どこか眠たげな女に向ける。

「確か……【銀狼】。銀髪の女剣士――アスカ・フォリックス」

一呼吸置いて、ゼノスは続けた。

「ブ・ラ・ッ・ク・ランクの冒険者にして、現・代・の・剣・聖・だ」

「現代の、剣聖……？」

一斉に皆の視線を浴びた女は、わずかに目を細めた。

「剣聖という呼び方はやめて欲しい」

迷惑そうに言うと、その後は特に興味もなさそうに踵《きびす》を返して、繁みに向かう。

「もううるさくしないで。じゃあ、おやすみなさい」

そして、ふわぁと欠伸《あくび》をして、その場に置いてある寝袋にいそいそと身を横たえた。

「え……？　寝た……？」

＋＋＋

中天を過ぎた太陽が西に傾き、廃墟街《はいきょがい》の治療院を淡く染め上げる。

「ゼノス、あの人起きたよ」

「おぉ、そうか」

リリに呼ばれて治療室に入ると、流れるような銀髪の女がベッドの上で身を起こしていた。

窓から斜めに射《さ》す夕陽《ゆうひ》が、腰まで伸びた髪にきらきらと反射している。明るいところで見ると少女、とまでは言わないが、随分若い。少しぼんやりした様子の彼女は、傍《かたわ》らに置いた剣の鞘に触れ、眠たげな瞳で周囲をゆっくりと見渡した。

「……ここは？」

「俺たちの家だよ」

ゼノスはリリと目を合わせて言った。

「眠ってるところを悪いとは思ったが、さすがにあんな場所に寝かせたまま黙って帰る訳にはいか

ないしな」

　というか、あんな危険区域でよく平気で眠れるものだ。

「休める時に休むのが冒険の鉄則だから……いつでもどこでも眠れるように訓練してるの」

　女はベッドの上でゆっくりと腰をまわし、足の爪先を床につけた。

　そこでふと気づいたように口を開く。

「誰が私を、ここまで……？」

「ん？　俺だけど」

　亜人たちは扱いが荒いので、ゼノスが彼女を背負って帰ることにした。

　女の視線がほんのわずかに鋭くなる。

「あなた……何者？」

「え、なんで？」

「たとえ寝ていても、敵意や害意、邪《よこしま》な思いを持つ者が近づくと、自然に目が覚めるようになっているの。時には眠ったまま相手を斬ってることもあるけど」

「怖っ……そういうことは先に言っておいてくれ」

「私が他人に背負われて起きないなんて、信じられない」

「なるべく丁寧に運びはしたけどな」

　この女性は怪我《けが》人ではないが、患者と同じように接したつもりではある。

「そう……」

女は小さくつぶやく。

納得したのかしていないのか、表情が乏しいため何を考えているのかわかりにくい。

彼女は絹のような銀髪を耳にかけて言った。

「今は何時？」

「もう夕方だよ」

「……驚いた。一度にこんなに長く寝たのは久しぶり」

「あのっ！」

女がベッドから降りようとした時、治療室の奥に控えていたクミル族の少女、ロアが前に飛び出してきた。

「あ、ありがと、助けてくれて。あんた【銀狼】――剣聖って本当か？」

「【銀狼】とは呼ばれてる。剣聖と呼ばれるのは好きじゃない」

【銀狼】アスカ・フォリックス。

なぜか本人は剣聖と呼ばれるのは気に入らないようだが、世間一般的には彼女が現代の剣聖のはずだ。冒険者の頂点たるブラックランクの剣士がなぜ貧民街の裏山にいたのか気になったが、あまり詮索するのもよくないだろう。

しかし、彼女のほうが思いがけない質問を先に口にした。

「そうだ……ここは貧民街？」

「ああ、そうだよ」

「もしかして……ゼノスっていう人を知ってる？」

「え？」

瞬《まば》きをした後、ゼノスは口を開く。

「それなら――」

「し、知らないですっ。そんな人全然知らないですぅっ！」

答えようとしたら、横からリリが慌てて口を出し、ゼノスを見てぷるぷると首を横に振った。

細い眉《まゆ》を必死に寄せている。どうせ厄介事だろうから、素性を明かすなと言っているようだ。

ゼノスは平静を装って尋ねた。

「そいつがどうかしたのか？」

「私は……これからある任務に向かうのだけど、スポンサーのベイクラッド氏に言われたの。貧民街にゼノスという男がいるはずだ。もし縁があれば会えるだろうから、その時は任務に付き合ってもらうといいって。これを」

「……？」

剣聖から手渡された手紙の上部に『依頼状　ゼノス殿』と記載があり、右上には赤文字で特別召集状と烙印が押されている。

「うわぁ」

「え、どうしたの……？」

「いや、なんでもない」

今度は急に貴族学園の学園長だった七大貴族ベイクラッドの名前が出てきた。

臨時教師をやった際に、クラスの解散を巡って対立構造になった相手だ。

ろくな用事ではないと判断し、ゼノスは依頼状を無造作に診察机に置いた。

「断る」

「まだ大して説明してないけど……それにどうしてあなたが？」

「あ、いや、ゼノスという奴《やつ》の気持ちになってみたんだ」

「あなた、もしかしてゼノスという人のこと知ってるの？　どんな人？」

「えっと……」

言い淀むと、リリが両手を大きく広げて言った。

「ちょっと金金うるさいけど、とっても優しくて、とってもかっこよくて、とってもすごくて、困っている人を見ると放っておけないいい人です！　お金にがめつい正義の味方です！」

「リリ、それは褒めてるんだよな？」

「お金にがめつい正義の味方って何……？」

小首を傾げた【銀狼】は、小さく嘆息する。

「まあいい……私はどっちでも構わないから」

【銀狼】はあっさり引き下がると、滑るようにベッドから降りた。

そのまま治療院を後にしようとするが、ロアがその前に立《た》ち塞《ふさ》がる。

「あの、【銀狼】さんっ、お願いがあるんだ」

「……お願い？」

「あたしを弟子にしてくれっ」

「え？」

「ええっ？」

【銀狼】の前で手をついて頭を下げるロアに、ゼノスとリリは驚きの声を上げる。

「あたし、剣士になって冒険者になりたいんだっ。あたしは剣――」

「弟子はいらない」

ロアの台詞《せりふ》を遮《さえぎ》って、【銀狼】は言い放った。

それは今までのどこかぼんやりとした口調とは違う、明確な拒絶だった。

「だけど――」

「弟子はいらない。仲間もいらない。そもそもあなたを助けた訳でもない。冒険は全《すべ》て自己責任。私は誰も助けない。ただ魔獣が睡眠の邪魔だっただけ」

取り付く島もない態度に、ロアは膝を床についたまま動けない。

剣聖は音もなくその脇《わき》を通り過ぎると、治療院のドアに手をかけ、ゼノスを振り返った。

「ゼノス……という人もスポンサーが気にしているから義理で探しに来ただけ。会えないなら別に構わない。元々仲間を作る気はないし」

「……そうか」

貧民街の裏山にいたのも、元いた場所から貧民街に来るのに、山を突っ切るほうが早かったからという理由らしい。

「寝かせてくれてありがとう」

最後にそれだけ言って、現代の剣聖は治療院を出て行った。

+++

その後、ロアは意気消沈した様子で、ソファの端で膝を抱えていた。

今後危険区域には近づかないよう注意はしたが、余程ショックだったのか、生返事を繰り返すだけだ。

「ロアちゃん、いきなり弟子入りなんて無茶だとリリは思うよ」

「わかってるよ、でも……」

リリの忠告にロアは悔しげに唇を噛《か》み、諦《あきら》めたように立ち上がる。

「ゼノス先生……【銀狼】に渡された紙って……」

「ん？　多分クエストの依頼状だな」

ゼノスは、診察机に置いた紙を拾い上げた。

右上に【特別召集状】という禍々《まがまが》しい深紅の烙印が押されていることを除けば、この様式は冒険者ギルドに仕事を依頼する時に使われる用紙だ。

依頼主はベイクラッド家。

内容は、ザグラス地方の魔獣増加の原因調査、とある。

背景はわかりかねるが、七大貴族の依頼だけあって報酬は非常に高額で、冒険の支度《したく》金も出るようだ。

「魔獣増加……」

条件はブロンズクラス以上の冒険者。

ザグラス地方は険しい自然と多様な魔獣が出ることで有名な地域だ。十年ほど前に強力な魔獣が目撃されたという噂《うわさ》もあり、それなりの腕利きを求めているのだろう。

参加する者は、明日の正午に王都郊外にある百年樹の並木広場に集合とある。

ベイクラッド卿《きょう》の思惑は不明だが、剣聖や熟練冒険者が参加するのだから、一介の闇《やみ》ヒーラーが関《かか》わるべきものとは思えない。

触らぬ神に祟《たた》りなし。

そう考えていた。

この時までは。


翌朝、ゾフィアが額に汗を浮かべて治療院に飛び込んできた。

「先生っ、ロアの奴がまたいないんだ」

「は……？」

ゼノスは診察椅子《いす》から立ち上がる。

「もしかして、また魔獣狩りか？」

「さすがに昨日の今日でそれはないと思うけど……あたしも厳しく叱ったし」

「じゃあ他にどこに……」

言いかけて、思い当たる。

「あ……依頼っ！」

【銀狼】アスカから渡された依頼状。

あの場にいたロアは内容を知っている。

指定の集合場所に行けば、またアスカに会えるではないか。

「しまった。あいつまだ弟子入りを諦めてなかったのか」

「先生、どういうことだい？」

「悪い、説明してる時間はない。とりあえず迎えに行ってくる！」

クエストへの参加者は、正午に並木広場に集合となっていたはず。

王都の正門側なので、貧民街とは真反対だ。【脚力強化】を使ってもぎりぎりだろう。

「待って、ゼノス。暑いからこれっ！」

リリが慌ててリュックに水筒を入れ、渡してきた。

「ありがとう、じゃあ」

「ゼノス、ロアちゃんをお願いっ」

「先生、ロアを頼むよ！」

「ああ、留守は任せた」

リリとゾフィアの声を背中に受けながら、ゼノスはそのまま治療院を飛び出し、能力強化魔法で街区をひた走る。

石橋を渡り、商店街を横切り、路地を駆け抜けていると、突然声がした。

「くくく……」

「は？」

ゼノスはふいに立ち止まった。不穏な笑い声がリュックの中から聞こえる。

「その不吉な笑い声は、浮遊体か？」

「不吉とはなんじゃっ。このリュックにはわらわが昔使っていた腕輪を仕込んでおる。なんとなく予感がしてひそんでおったんじゃあっ」

「お前な……」

そういえば、ここしばらくやけに静かだと思っていた。

そういう時は大体ろくなことを考えていないのだ。

こっちの思考とは裏腹に、子供のようにわくわくした声色がリュックから響いてくる。

「冒険は久しぶりじゃのう。どんな任務が待ち受けておるのやら。ひひひ……」

「……久しぶり？　言っておくが依頼を受ける訳じゃないぞ。ロアを連れ戻しに行くだけだ」

「しかし……ゼノスは全く気づいていなかった。これが幾多の困難が待ち受けるわくわく大冒険への序章となることを――」

「だから、不吉な予言はやめろぉぉっ」

＋＋＋

「ついた……」

目的地に到着したゼノスは大きく息を吐いて、額の汗を拭った。

百年樹の並木広場は、戦勝記念祭で植えられた長寿の広葉樹、モルドの木が立ち並ぶ公園だ。大きく広がった枝葉が芝生に日陰を作り、普段は市民の憩いの場として賑《にぎ》わう場所だが、今日は物々しい装備の冒険者たちで占有されている。

ざっと見るだけでも三十人以上はいそうだ。

「ロアは……？」

背伸びをして辺りを見回すが、所在が掴《つか》めない。

集まった冒険者たちが知り合い同士で盛り上がったり、中には威嚇し合っている者たちもいて場が雑然としている。

それなら、と別の人物を探すことにした。

「いた」

そちらはすぐに見つかった。

喧噪《けんそう》から少し離れた位置に、黙って佇む銀髪の女剣士。

【銀狼】――アスカ・フォリックス。

彼女の放つ独特の空気感に気圧《けお》されたのか、その周囲だけぽっかりと空間が開いている。

ロアは【銀狼】を探しているはずだ。であれば、彼女のそばにいればロアに出会えるはず。

「よう」

「あなたは……」

片手を挙げて【銀狼】に近づくと、相手は顔をわずかに上げ、軽く頷《うなず》いた。

途端に辺りの冒険者たちが騒ぎ始める。

「なんだあいつ？」

「無防備に剣聖に近づいたぞ」

「一体、何者だ？」

なんだか周囲が妙にざわついているが、今は気にしている場合ではない。

ゼノスはアスカのそばで言った。

「クエスト前にすまない。うちのロア……昨日あんたに弟子入り志願した娘が行方《ゆくえ》不明なんだ。こっちに来てないかと思ってな」

「あそこ」

「え？」

意外にあっさりと肯定の返事が戻ってきた。

アスカの指さす方向を見ると、木陰に仰向《あおむ》けにひっくり返っている少女がいる。

褐色の肌に、真緑の髪をした少女、ロアだ。

「ええと……」

「気絶してるだけ。いきなり集合場所に現れて、弟子にしろと絡《から》んできたから剣の柄で軽くこづいて眠ってもらった」

「そ、そうか……なんかすまん」

もしかして周りの冒険者たちがアスカから距離を置いているのはそのせいかもしれない。

意気込んで近づいて来たいたいけな少女を、秒で返り討ちにする女。それが現代の剣聖。

ゼノスはロアの元に駆け寄り、軽く頬を叩く。

「おい、ロア」

「た、頼むよ、弟子にっ――」

突然跳ね起きたクミル族の少女は、ぱちくりと瞬きをした。

「げ、先生……？　あれ？　【銀狼】は？」

戸惑うロアに、ゼノスは溜《た》め息《いき》をついて言った。

「任務に向かう冒険者の邪魔をするな。もう帰るぞ」

「い、いやだ」

ロアはゼノスから逃れるように、後ろに飛び下がって首を横に振る。

「迷惑かけて本当にごめん、先生。でも、こんなチャンスもうないんだ。あたしはどうしても剣聖の弟子になりたいんだ」

アスカは小さく嘆息し、銀の瞳を冷たくロアに向ける。

「弟子はいらないと言ったはず」

「む、無理なお願いなのはわかってるっ。でも、あんたじゃなきゃ駄目なんだ。だって、あたしは剣——」

「おいおいおいおいおい」

突然間に入ってきたのは、目つきの悪い男だ。

手の甲に骸骨の入れ墨が掘られており、毒々しい紫色の髪がトサカのように逆立っている。

あまり上品な輩《やから》には見えない男が、得意げな顔でこっちをねめつけてきた。

「俺を差し置いてアスカちゃんに絡むんじゃねえよ、ガキ」

「誰？」

しかし、当のアスカは軽く首をひねるだけだ。

「おいおい、俺だよ。シルバークラスのパーティ【髑髏犬《どくろいぬ》】のビーゴだ。この前、酒場で意気投合しただろ？」

「……知らない」

「はあっ？　俺の武勇伝をとろんとした目でうっとり聞いてただろ？」

「多分、眠かっただけ」

アスカは表情を変えないまま当然のように言った。

「悪気はないの……印象の薄い相手は覚えられないだけ」

「な、なんだとっ！　じゃあどうしてこの男のことはすぐ認識したんだよっ。こんなどこの馬の骨ともわからない野郎より、俺のほうが絶対印象に残るだろっ」

ビーゴと名乗ったトサカ頭の男が、細眉を釣り上げてゼノスを指さす。

アスカはしばらく沈黙した後、頬に軽く手を当てた。

「……確かに。なんで覚えてたんだろう」

「おい、覚えとけ。俺を侮って無事な奴はいねえぞ。剣聖とはいえあんまり調子に――」

更に怒りのボルテージを上げるビーゴと、涼しい顔のままのアスカ。

そこに別の声が割って入った。

「静粛に！　時間だ」

広場の中央に、冒険者ギルドの制服を着た男たちが数名立っている。

そのうち一人が魔導拡声器のようなもので一同に呼びかけていた。

「これよりザグラス地方への遠征を開始する。参加条件はブロンズクラス以上の冒険者、もしくはベイクラッド卿から直接指名された【特別招集者】のみ。各自冒険者カードを提示するように」

案内とともに冒険者たちがぞろぞろと広場中央に集まっていく。

「ちっ、嫌でも俺のことを覚えるようにしてやる」

すたすたと歩き始めたアスカの背中を睨《にら》んで、ビーゴは地面に唾を吐く。

「待って、あたしもっ」

【銀狼】についていこうとするロアの肩を、ゼノスは咄嗟《とっさ》に押さえた。

「待てって。お前はそもそも参加条件満たしてないだろ。あんまり迷惑をかけるな」

「頼むっ、先生行かせてくれっ」

「駄目」

「お願い、離してっ！」

「静粛に。君たちも参加希望者か？」

冒険者ギルドの職員が訝《いぶか》しげな表情で近づいてくる。

「あぁ、すまない。俺たちは冒険者じゃない。すぐに帰るよ。行くぞ、ロア」

「嫌だ――、攫《さら》わないでー」

「うん、変な誤解受けるからやめような？」

「君、冒険者カードを出しなさい」

冒険者ギルドの職員は、急に厳しい顔つきになって言った。素性の知れない男が少女を羽交《はが》い絞《じ》めにしている姿は確かに即事案だ。

「いや、それは……」

「おいおい、まさか冒険者カードもねえ奴が七大貴族の依頼に参加する気だったのかよ」

騒ぎを聞きつけた横柄な冒険者ビーゴが、ポケットに手を入れて近づいてくる。

ビーゴは嘲《あざけ》りの表情で言った。

「それともランクが低すぎてカードを出せねえってか？　ぎゃはは、剣聖がてめえを覚えてた理由がわかったぜ。大馬鹿《ばか》だからだ。お呼びじゃねえんだよ、さっさと消えな」

「そもそも最初から参加する気はないんだが……」

こっちも関わる気はない。じたばたと暴《あば》れるロアを引きずるようにして、なんとか連れて帰ろうとする。

だが――

「ちょっと待て」

冒険者ギルドの職員が、突然呼び止めてきた。

職員は手に一枚の紙切れを持っている。紙面から顔を挙げた後、勢いよく頭を下げた。

「た、大変失礼しましたっ！」

「……え？」

「ベイクラッド卿が直接指名された【特別招集者】の方とは存じ上げませんでしたっ」

「はあっ？」

「え？」

驚いたのはビーゴだけではなく、ゼノス自身もだ。

ギルド職員は、さっきまでとは正反対の態度で、まるで貴婦人をエスコートするかのごとく右手を恭《うやうや》しく広場出口のほうへ差し出す。そこには十数台の馬車が並んでいた。

「それならそうと、早く言って頂ければ。さあ、馬車へどうぞ」

「え、え、え」

「さ、さ、従者の方もどうぞ」

「やった。さすが先生っ」

困惑するゼノスと、喜んで飛び跳ねるロア。

「あいつが……ベイクラッド卿の【特別招集者】？」

【特別召集者】って、剣聖だけじゃなかったのか」

「だから剣聖と仲良さげに話してたのか。何者だ？」

目立ちたくないのに、否応《いやおう》でも周囲の注目を浴びてしまっている。

ここで逃げ出せば、更に悪目立ちをするだろう。

ゼノスは集まってきたギルド職員たちに背中を押されながら、苦々しく言った。

「浮遊体……お前やったな？」

昨日アスカに渡された【特別召集状】。いつの間にかカーミラがリュックに仕込んでいたのだ。

リュック内の腕輪に宿ったカーミラが、どさくさに紛れてそれを外に投げ出した。

「くくく……仕方なかろう。一行がザグラス地方に向かうことはわかっておる。この調子なら、たとえ今連れ帰っても、ロアという娘は隙があれば必ず剣聖の後を追うぞ。それが嫌なら監禁でもしておくか？」

「さすがにそういう訳にはいかないが……」

当のロアは今にも踊り出さんばかりに、ゼノスに飛びついてくる。

「先生ありがと！　なんだかんだ応援してくれるんだね。やっぱすげえや！　あたし、先生の教え通り、夢を諦めないよっ！」

「いや…………うん……」

「さあ、出発だ！　諸君、幸運を祈る！」

ギルド職員の号令とともに、居並ぶ馬たちが旅の安全を祈る汽笛のように一斉にいななき、十台を超える馬車が横並びで出発する。

高く舞い上がる土埃《つちぼこり》。

遠く、小さくなっていく百年樹の並木を眺めながら、ゼノスは茫然《ぼうぜん》と呟《つぶや》いた。

「……どうしてこうなった……」

膝に抱えたリュックから、あっけらかんとした声が響いてくる。

「まあ、元気を出せ、ゼノス。わくわく大冒険が貴様を待っておるぞ」

「お前が言うなぁぁっ」

第三章　野営地の夜

「どうすりゃいいんだ、これ……」

ゼノスは額に手を当てたまま、流れゆく景色を茫然《ぼうぜん》と眺めた。

蒼天《そうてん》に細長い雲が重なるようにたなびいており、街道をひた走る馬車の両側には、痩せた大地が広がっている。

王都を遠く離れた馬車は、早くも辺境と呼ばれる地域にさしかかろうとしていた。

膝《ひざ》に置いたリュックから、レイスの声が聞こえてきた。

「リリの心配はいらぬよ。亜人たちが面倒を見るはずじゃ。賢い娘じゃから、なんらかの事情があったことは察するじゃろう」

「そうだろうけどなぁ」

「むしろ、クミル族の娘がごねたらそのまま任務についていく流れになることも想定していたかもしれん。だから、咄嗟《とっさ》にわらわの腕輪入りのリュックを持たせた」

「そんなこと……」

いや、あるかもしれない。リリは時々驚くほど察しがいい時がある。

「だけど、学校だって始まったばかりなんだぞ」

「聖カーミラ学園の授業はリリとゾンデがおれば問題なかろう。貴様はオマケじゃ」

「はっきり言うな」

「先生、さっきから誰《だれ》と話してんだ？」

「あ、いや、なんでもない。独り言だ」

右隣のロアにゼノスは疲れた顔で言う。

一方の彼女は高揚感を抑えきれない様子だ。

「そっか、先生も冒険に興奮してるんだね。あたし、剣聖に認められるように頑張るよ、先生」

「………おう……」

そういえばリリとゾフィアからロアを頼むと言われたのを思い出す。全く気が乗らないが、しばらく付き合うしかなさそうだ。

馬車は最大六人乗りで、他にも十台ほどが隊列を組んで進んでいる。

ザグラス地方は峻険《しゅんけん》な山々の連なる土地で、馬車の運行は困難だが、入り口に当たる場所まではこれで運んでくれるようだ。用意されたのは特別な馬のようで、通常の馬車よりもかなり速い速度で街道を進んでいる。

席の座り心地もすこぶるよく、高級素材が使われていることが一目でわかる。冒険者たちが乗る馬車以外にも、水や食料といった積荷専用の馬車も用意されており、さすが七大貴族筆頭のベイクラッド家がバックアップしているだけのことはある。

「あのさ、僕はジョゼ・ヘイワース。君たちはパーティ？」

この馬車にはゼノスとロアの他にもう一名が左隣に座っている。

その人物が、窓の縁に肘をついて言った。

小柄でおかっぱに近い橙色の髪。まだ表情にあどけなさを残した少年だ。

可愛らしい顔立ちで、黙っていれば少女と間違えてしまいそうだが、そこはかとない生意気な雰囲気も感じる。装備と言えば旅人用のローブをまとっているくらいで、熟練の冒険者という感じではない。今回の任務の後方支援要員だろうか。

「パーティ……まあ、そんな感じだ。俺《おれ》はゼノス、こっちはロア」

説明が面倒なので、ゼノスは曖昧《あいまい》に頷《うなず》いてメンバー紹介をした。

「ほとんど手ぶらだよね。その娘はクミル族？　変わった編成だね」

「まあ、な」

他にも最高位のアンデッドがリュックの中にいるが、言う必要はないだろう。

「それなりに危険を伴うクエストだと聞いてるけど、大丈夫？　それとも敢《あ》えてそういう編成で挑むということは、よほど自信があるの？」

詰問するような少年の言葉に、ゼノスは軽く溜《た》め息《いき》をついて言った。

「そもそも参加するつもりはなくて、なりゆきで来ることになったんだ」

「またまた先生ったら。あたしを応援してくれるんだよね」

「ロア、お前のせいだぞ、おいぃぃっ」

「ふぅん……よくわかんないな。なんでそんな人が【特別招集者】に？」

やはり出発時のごたごたは見られていたようだ。

「いや、手違いというか、望まぬ招集というか……」

「手違いね……ま、いいや。なりゆきってのは僕も似たようなもんだし」

ジョゼと名乗った少年はどこか諦《あきら》めたように鼻を鳴らした。

他の冒険者のような気合や気負いは感じられず、むしろあまり乗り気ではない様子だ。

暑苦しいよりはいいが、こうなった以上なるべく早く任務とやらを片付けてロアを連れて帰らなければならない。そのためにも情報収集が必要だろう。

ゼノスは諦めて口を開いた。

「依頼状には魔獣増加がどうかとか書いてあったけど……これ、どういう任務なんだ？」

「え？　内容すら把握してないの？　余裕？　それとも馬鹿《ばか》？」

「違うって。元々来るつもりがなかったって言っただろ」

ああ、そっか、と少年は頷いて、背筋を少し起こした。

「ここ数年、全国的に魔獣や魔物の災害が増えているみたいでさ。特にザグラス地方でその傾向が顕著に見られるということで、原因調査に向かうってのがおおよその内容」

「原因調査……って、つまり――」

「そういうことだろうね」

憮然《ぶぜん》と頷くジョゼ。彼とゼノスを交互に見て、ロアが会話に入ってくる。

「先生、どういうこと？」

「ええと……魔獣や魔物ってのは、互いに影響を与えうるんだよ。強力な魔獣がいれば、その力に引き寄せられて他の魔獣が集まりやすくなる」

過去にもカーミラの存在に大量のアンデッドが引き寄せられることがあった。

「え、じゃあ」

「魔獣増加の原因は、気候や餌の問題とか色々あり得るんだが、何かしらの強力な魔獣の存在が背景にある可能性が高い」

ゼノスの説明を、左隣の少年が引き取る。

「つまり、この任務は、魔獣増加の元凶となりそうな魔獣を探し出して駆除しろ、ってこと」

地域の魔獣増加に影響を与えうるとすると、かなり強力な魔獣が潜んでいることも考えられる。だから、一般的に高ランクと呼ばれるブロンズ以上の冒険者に限っているのだろう。

「ザグラス地方って、十年くらい前にも強い魔獣が出たって噂《うわさ》あったよな？」

「みたいだね。当時は小さかったからよく知らないけど。土地柄、魔素が溜まりやすい場所なんじゃない？」

ザグラス地方は様々な魔石や鉱石の産地として知られている。魔石が魔素の結晶であることを考えれば、なるほど確かにそういう土地なのだろう。

ロアが嬉《うれ》しそうに拳《こぶし》をぐっと握った。

「強力な魔獣か。実績作りに最適だね。あたしにぴったりの任務だよ、先生」

「わくわくするのは一人で十分なんだが」

「どういうこと？」

「いや、なんでもない……」

凝りないロアのことは気にかかるが、今回の旅には剣聖が同行している。人外とも評されるブラックランクの冒険者がいればきっと何とかしてくれるだろう。

「そう願いたいけどね」

期待を口にすると、少年はどこか不満げに返した。

「何か問題あるのか？」

「彼女の実力に疑いはないと思うよ。ただ、噂では【銀狼】は孤高の冒険者で、パーティを決して組まないと聞くからさ。理由は、足手まといを助けるために無駄な労力をかけたくないから。だから、僕らがピンチに陥《おちい》った時に、彼女が助けてくれるかというと疑問だね」

「なるほど……」

確かに治療院でもそんなことを言っていた。

冒険は自己責任。実際その通りではある。

ジョゼは肩肘をついたまま、ゼノスに目をやった。

「で、おたくらは結局何クラスの冒険者なの？」

「いや、俺たちは冒険者じゃなくて……」

「先生はゴールドクラスだったんだよね？」

簡単に説明しようと思ったが、隣のロアがすぐさま余計な情報を挟んでくる。

少年の表情が少しだけ変わった。

「へぇ、ゴールドクラスなら全冒険者の上位数パーセントに入るエリートだ。でも、変だな……ゼノスなんていう冒険者、聞いたことがないけど」

「だろうな。俺はゴールドクラスパーティの補助要員だったし」

「や、ややこしいな。結局何者でもないじゃないか」

「そうとも言うな」

ジョゼは軽く溜め息をついてから、思い出したように口を開いた。

「そういえばさ、ゴールドクラスの冒険者と言えば、以前【黄金の不死鳥《ゴールデン・フェニックス》】というパーティがあったのを知ってる？」

「……み、耳にしたことはあるな」

リュックの中から、くすくすと含み笑いが聞こえたので、じろりと睨《にら》んでおく。

「Aクラスの魔獣を何匹も、それもほぼ無傷で倒した凄腕のパーティで、プラチナクラスへの昇格も間近、将来的にはブラック入りすらあると言われていたのに、なぜかB＋ランクの魔獣討伐に失敗したらしく、それから急に噂を聞かなくなって……一体どうしてんのかなって」

「さ、さあな……」

少年は辺りを確認し、内緒話をするように少しだけ声を落とした。

「これも噂だけどさ……【黄金の不死鳥《ゴールデン・フェニックス》】は四人パーティなのに、実は五人目のメンバーがいたって話があるんだ。パーティが討伐に失敗したのは、最強の五人目が抜けたからだって。そうでもなければ、急な弱体化が説明できないって」

少年はそこまで言って、ぷっと噴き出した。

「なんて、荒唐無稽すぎる冗談だよね。そんな凄腕のメンバーがいたなら、今どこで何をしてるんだって話だし」

「へー、ソウナンダァ……」

「なんで急にカタコト?」

リュックから爆笑が聞こえてきそうだったので、ゼノスはリュックを渾身の力で押さえつける。

「ああ、いや。ちなみに、あんたも冒険者なのか?」

「あぁ、僕は……」

少年が口を開きかけた時、突然馬がいななき、馬車が急停止した。

緊迫した空気が一瞬で漂い、外から他の冒険者の大声が聞こえる。

「魔獣が現れたぞっ!」

＋＋＋

「おお……」

馬車から飛び降りると、視界の少し先に砂地が広がっており、そこに大型の昆虫のような生き物がもぞもぞと蠢《うごめ》いていた。

琥珀色の胴体に鋭いハサミ。

尾は天に向かって真っすぐ伸び、先端が刃物のように尖《とが》っている。

「岩蠍《いわさそり》か……」

大型の蠍のような魔獣で、人間の幼児くらいのサイズがある。

敏捷性《びんしょうせい》はそれほどでもないが、外殻が岩のように硬いのが特徴だ。とにかく耐久性が高いので、慣れないパーティだと意外と討伐に苦労する。

「うわ、気持ち悪……」

同じく馬車から降りたジョゼが、うんざりした顔で言った。

岩蠍の討伐ランクはD程度だが、普通は数匹で行動することが多い。

なのに、今は軽く百体はいそうだ。

手前にいる一匹がハサミをカチカチと震わせる威嚇行為を始めた。

それに呼応するように、百体が一斉にハサミを打ち鳴らす。

空気が小刻みに振動し、途端に辺りは大合唱のように騒がしくなった。

「魔獣増加……これを目にすると本当にそうなのかもね」

少年が顎の先に指を当て、観察するように言う。

「へっ、腕慣らしにちょうどいいね」

「お前、懲りないな……」

嬉しそうに拳をぱきぱきと鳴らすロアを、ゼノスは呆《あき》れながら眺める。

だが、他の参加者も、ロアと同じように余裕しゃくしゃくといった様子で次々にそれぞれの馬車から降りてきた。

ここにいるのは、ブロンズクラス以上の熟達の冒険者たち。

岩蠍の大量発生程度で、恐れおののくような者たちではないようだ。

「しゃっ！」

止める間もなく、ロアが先陣を切って駆け出し、他の冒険者たちも負けじと後に続いた。

怒号。怒声。金属音。

砂埃《すなぼこり》が舞い、辺りはあっという間に戦場の様相を呈する。

「あんたは行かないのか？」

隣に立つジョゼに尋ねると、彼は苦笑いで応じた。

「冗談はよしてよ。僕、強そうに見える？」

「見えないな」

「おたくは突撃しないの？」

「俺は余計な労働はしない主義なんだ」

「ははっ、変な言い訳」

そもそも後方支援タイプの上、今回は手練《てだ》れが集まっているので、出番の必要性を感じないというのもある。

ただ、観察していると、熟練の冒険者たちの中でもひときわ目立つ者たちがいる。

まず、集合場所で絡《から》んできたビーゴという男。

弧を描いた独特の形状をした刀を使って暴《あば》れまわっている。戦い方は我流のようで、素人目にも動作に無駄が多いが、抜き出た身体能力でカバーしている感じだ。「ひゃっはーっ！　俺の活躍をちゃんと記録しとけよぉっ」と叫びながら岩蠍に躍りかかっている様を見ると、やはり積極的に関《かか》わりたい相手ではない。

他にも旅人のローブをまとった一見地味な黒髪の女冒険者。随分おどおどした様子だが、彼女が印を組んで何かを唱えると、そばの岩蠍が同士討ちを始めた。

――魔獣使いか……？

なかなか珍しい職業である。

他に気になるのは長大な槍《やり》を手にした大柄な老人。顔に深く刻まれた皺《しわ》と、無造作に伸びた髭《ひげ》が年季を感じさせるが、身のこなしは誰よりも力強い。槍を一振りするだけで、岩蠍が十匹ほどまとめて宙を舞った。

ロアも狩猟民族出身らしく、機敏な動きで魔獣を翻弄している。危なければ手助けしようと思っていたが、今のところその必要はなさそうだ。

「って、【銀狼】は？」

「あれ、そういえば」

ゼノスが言うと、ジョゼがきょろきょろと辺りを見回した。

確か先頭の馬車に乗っていたはずだが、戦場にその姿は見えない。

「まさか寝てたりしてね」

「そうかもな……」

「いや、冗談だよ。さすがそんな訳ないでしょ」

ジョゼは呆れて手を振るが、十分にあり得る。あれは魔獣多発地域で爆睡する女だ。

結局、岩蠍の大群は、半時もせずに血の気の多い冒険者たちによって駆逐されてしまった。

ジョゼは腰に手を当てて小さく頷いた。

「ま、さすが選ばれた冒険者って感じだね」

「そうだな。このまま楽ができたらいいな」

「変わってるね、オタク。楽がしたいのは僕もそうだけど」

少年は疲れた顔で、やる気のない発言をする。

こっちは半ば不可抗力で冒険に参画することになったが、この少年はなぜ危険な冒険に同行しているのだろう。

それを問おうとしたら、砂地のほうからロアが手を振って駆けてきた。

「先生、見たかよ。あたしの実力——」

しかし、そこで彼女はぴたりと足を止める。

腰をわずかに落とし、眉《まゆ》を寄せた。

何かを感じ取ろうとするように、あちこちに目を向ける。

「ロア……？」

他の冒険者たちが和やかな雰囲気でぞろぞろと馬車に戻る中、ロアが叫んだ。

「何か来るっ！」

直後。

砂が空へと盛大に舞い上がり、砂地の中から大きな影が突然姿を現した。

一瞬、蛇かと思ったが、少し違う。瞳《ひとみ》がない代わりに、ぎざぎざした刃のような歯が大きく開かれた口にずらりと並んでいる。ぬめぬめとした肌色の胴体が、獲物を物色するようにゆっくりと左右に揺れていた。

魔獣化したミミズ、サンドワームだ。

しかし――

「いやいや、嘘《うそ》だろ」

冒険者の一人が呟いた。

でかい。

従来のサンドワームはせいぜい成人くらいのサイズで、討伐レベルは確かC＋クラスだが、突然変異なのか、魔獣増加の影響なのか、目の前の個体は見上げるような巨体をしていた。

「うわぁ……気持ち悪いのがでかくなったら更に気持ち悪……」

ジョゼは露骨に顔を歪《ゆが》める。

「シギャアアアッ！」

サンドワームは空に向かって吠《ほ》えると、大蛇のような胴体をくねらせて、冒険者たちを４人同時に薙《な》ぎ飛ばした。そして、間髪入れずに、口の中から無数の石礫《いしつぶて》を吐き出す。

「うおっ！」

「がっ！」

「ぐああっ！」

岩蠍を片付けたばかりの油断と、見慣れぬ巨体に、熟練の冒険者たちもふいを突かれた形だ。

戦闘を終えたばかりの弛緩《しかん》した空気に、幾つもの悲鳴と血飛沫《ちしぶき》が混じる。

「しまった……この編成だと防護魔法結構やりにくいな」

ゼノスは小さくつぶやく。

防護魔法は距離が離れるほど効果が弱まるため、あちこちで好き勝手行動されると効果にムラが出る。それに冒険者時代はパーティメンバーだけに気を配ればよかったが、今回は参加者が多いため、重点的に魔法をかける対象の選定が意外に厄介だ。

とりあえず怪我人《けがにん》を治癒《ちゆ》しようとした時――

「ギャオオァッ！」

巨大サンドワームは鎌首をもたげ、そのまま先頭の馬車へと飛び掛かった。

あれは確か【銀狼】の乗った馬車だ。御者が慌てて逃げ出し、無防備な車体に鞭《むち》のようにしなったサンドワームの胴体が勢いよく迫る。

利那――

「……うるさい。せっかく寝てたのに」

騒ぎの中でも不思議と通る声。馬車の中から、眠たげな顔がのそりと覗《のぞ》いた。

予想通りではあるが、【銀狼】は本当に寝ていた。

輝く銀髪がわずかに揺れたと思ったら、砂地に長い直線が抉《えぐ》るように描かれる。

直後、サンドワームの胴体が頭側と尾側の二つに割れ、うねりながら左右へと飛んでいった。

音がやってきたのは、その後だ。風を切るような鋭い音とともに、分厚い風圧が砂を舞い上げ、馬車の幌《ほろ》をばたばたとはためかせる。

「す、げえ……」

膝をついたまま茫然とつぶやく冒険者たちに、【銀狼】は冷たい視線を送る。

「この程度で傷を負う者は、ただの足手まとい。さっさと帰って」

そして、ふわぁと欠伸《あくび》をすると、のそのそと馬車へと戻ろうとする。

「あれ……？」

しかし、参加者から気の抜けた声がして、剣聖はふと足を止めた。

サンドワームに跳ね飛ばされた冒険者たちが、不思議そうな顔で次々と身体を起こしたのだ。

彼らは自身の体をぺたぺたと触って言った。

「傷が、ない……？」

「うお、本当だっ」

「いつの間にか治ってる？　一体誰が……？」

「……」

剣聖はそんな彼らの様子を無表情で眺めると、軽く鼻を鳴らして馬車の中へ戻った。

肩にかついだリュックから声がする。

「あやつらを治癒したのは貴様か、ゼノス？」

「いや、俺が治したのは――」

ゼノスはそこまで言って、隣の少年に顔を向けた。

ついさっき聞こえたのだ。【高位治癒《ハイ・ヒール》】という小声の詠唱が。

「なあ、今の――」

「面倒だけど、一応仕事だからさ。みんな僕に感謝してよ」

少年は面倒くさそうな顔で、冒険者たちに言った。

そして、肩をすくめてゼノスを見上げる。

「そういえば自己紹介が途中だったね。ジョゼ・ヘイワース。こう見えても、特級治癒師だ」

＋＋＋

馬車が平常運行を再開すると、ジョゼはうんざりした顔で、今回の旅に強制参加することになった経緯を語った。

「シャルバード先生がひどいんだ。『ふぉふぉ、おぬしが特級治癒師で一番暇じゃろう。つべこべ言わずに役立ってこんか』。この一言で危険な冒険に僕を送り出したんだ」

彼はそう言って可愛い顔を歪める。

後半の台詞は、王立治療院院長のシャルバード先生とやらの顔真似と声真似になっていて、そこはかとない悪意を感じる。

ゼノスは左隣のまだあどけない顔の少年に言った。

「特級治癒師……って、随分若いんだな」

「十六だよ。ひどくない？　他にも特級治癒師はいるのに、わざわざ最年少の僕を送り付けるなんてさ。あのじいさん、僕の才能に嫉妬《しっと》してるんだ」

十六と言えば、貴族学園の受け持った生徒たちと同じくらいだ。ロアともそう変わらないのではないか。

市民の場合は、中等学校を卒業してようやく治癒師養成所に通えると聞いたことがあるが、そんな年齢でどうやって特級の称号に至ったのだろうか。

「うちは代々治癒師の家系だから、幼い頃から訓練を受けるんだ。才能がありすぎたから、早くから王立治療院に目を付けられ、飛び級に次ぐ飛び級で、気づいたら逃げ場がなくなって……治癒師なんて大して興味ないのにさ」

「興味ないのに治癒師をやってるの？」

右隣のロアが困惑した調子で言った。

「興味がないから、少しでも早く治療を切り上げたいんだ。さっさと部屋でお菓子食べて、好きな本を読みたいしさ。それで速攻で治療を終わらせるようにしてたらこんなことに」

ジョゼは湿った息を吐いた。

そんな理由で特級治癒師にたどり着く者がいるというのも珍しい話だ。

「特級治癒師って、変わった奴《やつ》が多いんだな」

「え？　他にも会ったことがあるの？」

「あぁ、ベッカーには何度かな」

師匠も特級治癒師だったらしいが、呪《のろ》いの件もあるし、ここで触れる必要はないだろう。

「ベッカーさんね。少し腹黒いけど、数少ないまともな特級治癒師だね」

「ベッカーでまともなのか？」

だとすると、他は一体どういう面子《メンツ》なのだろうか。

しかし、ジョゼは思い出したように手を叩《たた》いた。

「あ、いや、まともじゃなかった。あの人、大量毒殺未遂で一時期逮捕されてたし」

そういえばそうだった。あの件に自分が絡んでいるとは言えないが。

師匠も含めて、やっぱりまともな特級治癒師はいないのかもしれない。

「というかさ、なんでベッカーさんと知り合いな訳？」

「ま、色々あるんだよ」

「手違いで【特別招集者】になったり、ベッカーさんと知り合いだったり……なのにゼノスなんていう冒険者聞いたことないし。おたく一体何なの？」

「自分にできることをして、ただ静かに暮らしたいだけの人間だよ」

「ふぅん」

ジョゼは興味なさそうに手を頬《ほお》に当てると、しばらく窓の外に目を向けた。

「どうかしたのか？」

「ああ……いや、別にいいんだけど、さっき怪我《けが》した冒険者たちを治癒した時、僕が治癒魔法をかけたより広い範囲の冒険者が復活してた気がしてさ。他にも治癒師がいるのかと思ったけど、詠唱も聞こえなかったし……出力の調整を間違えたのかな？」

「ソウカモナ……」

「なぜまたカタコトに？」

「ああ、いや……それより、剣聖以外にも手練れの冒険者がいるんだな」

ゼノスは咳払《せきばら》いをして話題を変えた。

ジョゼは一瞬怪訝な表情を浮かべたが、気を取り直して口を開く。

「僕が知ってる範囲で言えば【髑髏犬《どくろいぬ》】のリーダー、ビーゴだね。まだシルバーランクのパーティだけど、かなり短期間で到達してる。元は盗賊まがいの連中で素行の悪さでも有名だけど」

集合場所で絡んできたトサカ髪の男だ。やはり怪しい出自らしい。

まあ出自で言えば、こっちのほうが更に怪しいのだが。

「あとはブロンズランクのミザリー・レン。目立った実績はないけど、魔獣使いは珍しいからね。所属していたパーティが全滅したって噂だし、新しい仲間探しも目的かもね」

地味めな女性冒険者のことだろう。なかなかの苦労人のようだ。

「で、目玉はプラチナクラスの槍使い、カイゼル・ドナーかな。還暦を過ぎているはずだけど、まだまだその腕は健在のようだね」

「あのじいさんか……」

プラチナクラスと言えば、事実上の冒険者最上位クラスだ。

確かに、佇《たたず》まいからして明らかにただ者ではなかった。

「っていうか、ジョゼは冒険者に詳しいんだな。俺も昔冒険してたけど、剣聖とか聖女レベルの有名人しか聞いたことないぞ」

「他人の冒険譚を読んだり聞いたりするのは好きなんだ。自分が決められた道をずっと歩かされてきたから、道から逸脱した人々の愚かな蛮勇を耳にするのが楽しくて」

言葉にちょくちょく毒が混じるが、ジョゼに悪気はなさそうだ。

「ま、その冒険譚好きのせいで、今回の冒険に強制参加させられた訳だけど、ハッ……」

乾いた笑い声を立てた後、ジョゼはふと真面目《まじめ》な顔になった。

「ただ、気になるのは【銀狼】だね」

「なんでだ？」

「【銀狼】は孤高の剣士で、他者と群れることは滅多にないって聞くからさ。いかにベイクラッド卿《きょう》の依頼とは言え、こんな多人数が参加する冒険に手を貸したのは不思議だよ。ベイクラッド卿と個人的な繋《つな》がりがあるのか、それとも……」

確かに岩蠍やサンドワームが現れた時の態度を見ても、剣聖は他人とつるむつもりはさらさらなさそうだし、むしろ迷惑に感じている様子だ。それでもこの冒険に参加すべき理由があったのだろうか。

「……」

剣聖の話題になると、隣のロアは真剣な眼差《まなざ》しになる。

弟子入りの件を全く諦めてなさそうで頭が痛い。

何か声をかけようとした時、馬車がふいに止まり御者の野太い声が外で響く。

「今日はここまでだ。野営の準備に入るぞ」

＋＋＋

馬車を出ると、辺りは既に薄暗くなり始めていた。

大きく伸びをして、身体のあちこちに澱《おり》のように溜まった凝りをほぐす。

夜の帳《とばり》が降り始めた空には、一番星が瞬いていた。

こういう自然の息吹を全身で感じられるのが冒険の醍醐味――

「って、ロアぁぁっ！」

気づいたら隣にいたロアがいない。

彼女は【銀狼】が馬車から降りてくるのを確認すると、一目散に駆けて行ったのだ。

能力強化魔法で脚力を強化して、なんとか追いすがる。

「いい加減にしろ、ロア」

「離してくれ、ゼノス先生っ」

じたばたと暴れるロアの襟首《えりくび》をがっちり掴《つか》む。

少し先で、【銀狼】がこっちに視線を向けた。

「あなたたち、どうして……それに、ゼノスって」

「あぁ」

ゼノスはぼりぼりと頭を掻《か》いて、リュックから【特別召集状】を取り出した。

「悪い、ゼノスは俺なんだ。でも、参加したのは不可抗力だ。この娘には、なるべくあんたの邪魔をさせないようにするから」

「……」

【銀狼】アスカはその場に佇んだまま、静かに言った。

「そう……あなたがベイクラッド氏が探していた相手だったの……偶然ね」

相変わらず表情に乏しいので、何を考えているかはよくわからない。

「昔から厄介ごとに巻き込まれやすい性分なんだ。ほら、ロア行くぞ」

「うぅ、あたしを弟子に～」

あくまで剣聖に執着するロアを、そのまま引きずって距離を取る。

木立の並ぶ一画で、焚《た》き火用の薪《まき》にする木枝を集めながら、ゼノスは言った。

「どうしてそこまで【銀狼】に執着するんだ？」

「【銀狼】は現代の剣聖なんだよね？　言ったろ、あたしは先代の剣聖の娘だって。先生もあたしを嘘つきって言うの？」

「そうは思わないよ」

すぐに答えると、ロアは虚を突かれたように緑色の瞳を見開いた。

ゼノスは手頃な枝を二、三本拾い上げて折ってみる。生木は水分の含有量が多く薪には向かないので、乾燥度合を確かめるのだ。

「生徒のことは信用したいし、嘘でこんな行動はできないだろ。ただ、俺もここまで関わった以上、もう少し詳しく教えてくれるか」

「……」

ロアは俯《うつむ》いて拳をぎゅっと握った。

「あたしは父親に会ったことがない。でも、母さんが言ってたんだ。あたしの父親は剣聖と呼ばれた男だって」

「母親が？」

「母さんは嘘をつく人じゃないっ！」

ゼノスは語気を強める少女を見つめる。

「クミル族は山間に集落を作って暮らすんだ。父親は【雷神】という冒険者でしばらくあたしの集落に滞在して、その時母さんと仲良くなったんだ。でも、ある日いなくなって……そのまま戻ってこなかった。あたしが産まれたのは父親が旅に出た後だから、その時のことは知らないけどさ」

ロアは木の幹に背中をつけて、両腕を後ろにまわした。

「母さんは、父親はいつか戻ってくるって言ってた。でも……その前にあの日が来たんだ」

ロアの声色が一段低くなる。

あの日、というのはゾフィアが言っていた集落の壊滅のことだろう。

「あたしはたまたま川遊びで麓まで下りてて……でも、悲鳴が風に乗って流れてきて、戻ったらもう集落はめちゃくちゃで……母さんも……」

「魔獣の襲来、か」

「うん。あたしが戻った時にはもう魔獣の姿はなかった、けど……」

ロアはおもむろに懐《ふところ》に手を入れ、小さな布袋を取り出した。

中にあったのは漆黒の羽毛のような切れ端だ。

随分古いようだが、いまだに黒々とした不気味な光沢を放っている。

「先生、この魔獣知ってる?」

「いや、わからないな」

冒険者時代には多くの魔獣と遭遇したが、こういう体毛には覚えがない。

「ロアの故郷の集落ってどこにあったんだ?」

「それが、当時はあたしも小さくてあまり覚えてなくてさ……独りになった後、たまたま旅のクミル族一派と出会って他の集落に連れて行かれて、その後もあちこちの集落を転々としたから……だから、手がかりはもうこれだけなんだ」

ロアは魔獣の落とし物を睨むように見つめると、手の中でぎゅっと握り潰《つぶ》した。

「あたしは必ずこの魔獣を探し出して、母さんたちの仇《かたき》を討つ」

「だから、冒険者になりたかったのか」

ロアは大きく頷き、「それに――」と続けた。

「もしあの時、父親……剣聖が集落に戻ってきていたら、みんな無事だったかもしれないって思って」

「……」

前代の剣聖は【雷神】と呼ばれた男だったはず。だが、噂では消息不明になっていると聞いたことがある。

すると、ロアは知っている、という風に頷いた。

「集落が滅んで、あちこちのクミル族の集落で暮らしてたけど、やっぱり冒険者になるために王都に出てくることにした。そこで父親の行方《ゆくえ》を誰も知らないってことを聞いたんだ」

しばらく沈黙した後、ロアは俯いて足下の石を遠くへと蹴《け》った。

「会ったこともない相手だから、別に悲しいとか寂《さび》しいとかはない。会いたい訳でもない。でも、何を見て、何を考えて集落に戻ってこなかったのか。私が同じ剣聖の立場になればわかるかもって……」

「それで、現代の剣聖に弟子入りか」

行動は猪突猛進《ちょとつもうしん》にもほどがあるが、動機は一応繋がった。

ロアはその場で突然地面に手をつき、真剣な顔でゼノスを見上げた。

「ゾフィア姉さんたちがいつも言ってるんだ。先生は不可能を可能にする人だって。だから、お願いっ、あたしが剣聖の弟子になるのを手伝って！」

「あのな……不可能なことは不可能だよ。俺はただ可能なことをやってるだけだ」

「普通の人には不可能なことばかりだって」

「そうなの……？」

「あたしが剣聖の弟子になるのは絶対不可能？」

「絶対不可能……とまでは言わんが……」

「じゃあ、お願いっ。貧民だって夢は叶《かな》えられるんだろ」

ゼノスはぽりぽりと頬を掻いて、肩をすくめる。

「対価は？」

「え？」

「俺は対価のない労働はしない主義なんだ。子供の治療は無料だが、さすがに剣聖の弟子になるのを手伝う労力まで無料にはできないぞ」

「じゃ、じゃあ……」

ロアはごくり、と喉《のど》を鳴らした。

「か……彼女になってあげる……」

「対価の意味知ってるか？」

「ひ、ひどっ、勇気出して言ったのに」

「勇気の出し方間違ってるぞ」

ゼノスは大きく溜め息をつく。この調子ではロアは当分諦めそうにない。それはつまり、いつまでもロアから目を離せないということでもあり、ひいては治療院にいつまでも戻れないということでもある。

「仕方ないな……わかったよ、少しだけ協力してやる。本当に少しだけな。後はお前次第だ」

「本当、やった！　でも、どうやって……？」

不安げなロア。ゼノスは遠くの馬車に視線を向けて言った。

「剣聖が弟子や仲間を作らないのは足手まといだからだろ。だったら、お前が足手まといじゃないことを証明するしかない」

＋＋＋

ロアを連れたゼノスは、薪を抱えて冒険者たちの集まっている場所へと向かった。

既にあちこちで焚き火の煙が上がり、旅の参加者たちが思い思いに火を囲んでいる。

「先生。証明って、どういうこと？」

ロアの質問に、ゼノスは振り返って答えた。

「剣聖に手合わせを申し込むんだよ。で、腕を認められれば話は早いだろ」

「剣聖と勝負……？」

ロアはぶるっと身を震わせた。

「いいねっ。さすが先生！　あたしの腕を見せる時がきたね！」

「なんで自信満々なんだ……？」

実際のところ相手になるとは思えないが、ロアの納得のためには必要だろう。ひそかに防護魔法と能力強化魔法で支援をすれば、最低限善戦はできるかもしれないが、今回はロア自身が力を証明する必要があるため、基本的には見守るつもりだ。

「やるだけやって駄目なら今回は諦めろ。今はその時じゃないってことだ」

「……わ、わかった」

ロアは重々しく頷く。

最大の問題は、どうすれば剣聖が勝負に乗ってくるかだが――

「あ、あの、【特別招集者】の方ですよね」

【銀狼】の姿を探していると、緊張した声で話しかけられた。

振り向くと、地味を絵に描いたような女冒険者が立っている。

確かブロンズクラスの冒険者、魔獣使いのミザリー・レンだ。

「失礼ですが、あなたのことを存じ上げなくて……ベイクラッド卿と親しい間柄なのですか？」

「いや、親しくない。むしろ迷惑してるくらいだ」

「え、あ、そうなんですか」

あっさり否定したので、ちょっと引いているようだ。

まだ何かを聞きたそうに見えるが、あまり素性を探られたくもないため、用事があるからと言って、ゼノスは彼女から離れた。

目的の【銀狼】は、集団から一人離れた場所にいた。

焚き火の前でぼんやりと膝を抱えた彼女の前には、旅人のローブをまとった小柄な少年が立っている。

「ジョゼ?」

「ああ……」

現役《げんえき》最年少の特級治癒師が、こっちを振り向いた。

「どうしたんだ?」

「いや、【銀狼】が今回の冒険に参加した理由を聞いてみただけ。でも、気になっただけ、と一言言ったきり、寝ちゃってさぁ……」

ジョゼは呆れた様子で、肩をすくめる。

「気になっただけ……?」

アスカは膝頭《ひざがしら》に顎を乗せて、うとうととしている。

暇があれば寝ているのは、戦闘の一瞬に全《すべ》ての集中力を注《つ》ぎ込《こ》む反動なのかもしれない。

「どけ、ガキ」

「うわわっ」

誰かがジョゼの頭を片手で掴んで、アスカの前から引きはがす。

トサカのように逆立った髪は【髑髏犬《どくろいぬ》】のビーゴだ。ジョゼが唇を尖らせて不満を言う。

「なにするんだ、治療してやらないぞ」

「あぁ？　うるせえ」

ビーゴは眉間に皺を寄せたが、すぐに得意げな顔でアスカを見下ろした。

「なあ、アスカちゃん。今日の俺の活躍見たかよ？」

「……」

しかし、アスカの反応はない。目すら開かない。ただ静かに寝息を立てるのみ。

ビーゴの額に、ぴきぴきと青筋が浮かぶ。

「て、てめっ、いい加減に――」

「そこをどいてもらおうか」

「ぐっ、なんだてめえっ！」

今度は更に大柄な影が現れ、ビーゴを強引《ごういん》に押しのけて前に進み出た。

年輪のように刻まれた顔の皺。無造作に伸びた白髭。丸太のような腕にある無数の傷跡が長い戦いの歴史を物語っている。

プラチナクラスの槍使い、カイゼル・ドナー。

還暦を超えた歴戦の強者は、槍を構え、低い声で言った。

「【銀狼】アスカ・フォリックス。わしと手合わせ願おう」

「え？」

こっちがやろうと考えていたことを、先に言われてしまった。

思わずロアと顔を見合わせるが、アスカのほうは相変わらずぴくりとも反応しない。

「はっ！」

すると、カイゼルは突然手にした槍を前方に思い切り突き出した。

風がごうと唸《うな》り、鋭利な穂先がアスカの眉間の直前でぴたりと止まる。

焚き火の炎が、銀色の刃に反射して揺らめいていた。

周囲が固唾《かたず》を呑《の》む中、カイゼルは小さく笑う。

「……さすが動じぬな。わしに殺気がないことを感じ取っていた訳か」

そして、ゆっくりと槍を引いた。声のトーンが更に一段低くなる。

「だが、次は本気だ」

「……何の用？」

放たれたのが本物の殺気と認識したのか、ようやくアスカが片目を薄く開いた。

カイゼルは刃先を【銀狼】に向けたまま言った。

「立ち合いを所望する」

「……なぜ？」

「武に身を捧げて幾十年。数多《あまた》の魔の者共を葬り去ってきた我が槍は、遂に山の頂きに達した。しかしながら、その穂先はいまだ天には届かず。貴殿が真に我が天上に立つに資する武人か、見極めさせてもらおう。これぞいずれ消えゆく老兵の望み」

たとえが難しくてわかりにくいが、要は冒険者として実質的頂点であるプラチナランクには到達したが、ブラックランクには届かなかった。カイゼルの歳《とし》からすれば小娘に過ぎないアスカが本当に自分を超える冒険者なのか、勝負で確認させろということだろう。

他者と群れないアスカは、普段単独で行動している。

カイゼルからすれば、剣聖が同行する今回の冒険は千載一遇の機会なのだ。

「ひひひ、なんだか面白《おもしろ》おかしい展開になってきたではないか」

「あ、お前いたのか」

「おるわっ！　わらわの存在感を舐《な》めるでないっ」

「存在感のある幽霊は逆に駄目じゃないか……？」

リュックの中のレイスとやり取りをしていたら、アスカの視線が一瞬こっちを向いた気がした。

「……いいよ」

意外な了解の言葉。カイゼルの全身から闘気のようなものが立ち昇るのがわかった。

「左様か。では早速――」

「でも、条件がある」

「条件？」

アスカの瞳が、今度ははっきりとゼノスを向いた。

「先にその人と戦って。もし勝ったら相手をしてあげる」

「……は？」

＋＋＋

薪がぱちんと弾け、火の粉が周囲に舞った。異様な雰囲気を感じ取ったのか、いつの間にか他の冒険者たちも焚き火の周りに集まってきている。

カイゼルが、じろりと睨んできた。

「確か……【特別招集者】か。貴殿の冒険者クラスは？」

「いや、そもそも俺は冒険者じゃないが」

老兵の太い眉がぴくりと上がる。

「冒険者ですらない者が、我が無双の槍と交えようなど、ふざけているのかっ」

「いやいや、文句を言いたいのは俺だ。どういうことだ、【銀狼】」

二人の非難の視線を受けて、アスカは薄紅色の唇を開いた。

「私は……人の顔や名前を覚えるのがとても苦手。印象に残った相手しか覚えられない。でも、なぜかあなたは一回会っただけで覚えていた。その理由を知りたい」

「え、そんな理由で、俺はプラチナクラスの槍使いと戦わされる訳？」

リュックの中から浮遊体の爆笑が聞こえてきそうだったので、ぽいと遠くへ投げた。

それを了承の合図と感じ取ったのか、カイゼルがゆっくりと近づいてきた。

「ふん……とんだ茶番だが、まあよい。この男を薙ぎ倒せば、手合わせに応じてくれるのだな」

「薙ぎ倒されたくねぇぇ」

「ちょっと待ってよ」

ジョゼが両手を広げて、割って入ってきた。

止めにきてくれたのかと思ったが、少年は得意顔で指を一本立てる。

「勝負の条件くらいちゃんと決めたら？　後でぐちゃぐちゃ言われても困るしさ」

「おい」

むしろノリノリだった。そういえばこいつは治癒魔法に興味はないが、他人の愚かな冒険譚は好物だと言っていた。

結局、最初に相手に一太刀入れたほうが勝ちということになる。ただし、相手を殺してはいけないので、それぞれ木の枝で作った槍状の棒と木剣を持つことになった。あくまでベイクラッド卿の依頼が優先であり、戦力を無駄に削る訳にはいかないからだ。

ゼノスは大きく肩をすくめて、剣聖に目を向ける。

「仕方ないからやるけど……【銀狼】、それなら俺からも条件がある」

「……何？」

「もし俺が勝ったら、うちのロアと手合わせしてくれないか。弟子入りに相応《ふさわ》しいか、あんた自身で確かめて欲しい。こっちも無茶振りを受けるんだ。あんたにも条件を呑んでもらうぞ」

「ゼノス先生……」

後ろのロアがつぶやく。

弟子入りを志願するための立ち合いに、アスカが乗ってくれるかが最大の問題だった。

そういう意味では、交渉の余地はできたことになる。

「……いいよ」

アスカは少し沈黙した後、ゆっくり頷いた。ゼノスが負ければ、どうせ槍使いと手合わせすることになる訳で、どちらに転んでも手間は一緒と考えたのかもしれない。

「無用な相談だ。わしがどこの馬の骨とも知れぬ男の後塵《こうじん》を拝することなど万が一にもあり得ぬ」

カイゼルは槍に見立てた細長い枝を、手の中でくるくると回した。

感触を確かめるようにゆっくりと握り、構えを取る。

そして、一言――

「あまり舐めるな。小僧」

突然の戦闘態勢。

正面に立つと、見えない巨大な壁に押し潰されるような圧力を感じる。

老いてなお鋼のごとき肉体から闘気のようなものが立ち昇り、ただでさえ大柄な姿が一回り以上大きく見えた。

観客となった冒険者の何人かが、腰が抜けたようにその場に座り込む。

これがプラチナクラスの冒険者。

「やっぱり本物はアストンなんかとは違うな……」

正直ただのヒーラーが普通に戦って勝てる相手ではない。

「はっ！」

カイゼルが突然握った木槍を一突きした。轟音《ごうおん》。衝撃。とんでもない圧で身体が吹っ飛ぶ。

「うおっ」

なすすべなく後方へと飛ばされ、ゼノスは地面を二、三度転がった。

「ひゃははっ、一瞬じゃねえか。だせえっ」

ビーゴの大笑いが響き渡る中、カイゼルがゼノスに背を向ける。

【銀狼】。では、わしと勝負を――」

「ちょっと待て」

背中からの声に、カイゼルは一瞬動きを止め、ゆっくり振り向いた。

ゼノスは身体の土を払いながら、手をついて立ち上がる。

「先に一太刀当てたほうが勝ちだろ。まだ当たってないぞ」

「……」

眉をひそめるカイゼルに、剣聖アスカが静かに言った。

「うん、当たってない。木剣でちゃんと防いでいた。わかっていたでしょ？」

「まさか起き上がってくるとは思わなんだ」

カイゼルは再び木槍を握り直し、無造作に距離を詰めてくる。

――あぁ、びっくりした。

ゼノスは木剣を構えて、ふぅと息を吐いた。

能力強化魔法で動体視力を極限まで高めて、突きの軌道を見極めて木剣で防ぐ。

通常なら、槍無双の一撃に木剣程度はあっさりへし折られるはずだが、瞬間的に防護魔法に切り替えて木剣の硬度を強化したのだ。防護魔法は原則生き物が対象だが、服のように直接触れているものには適応できる。

しかし、予想以上の衝撃で踏ん張りがきかず、思い切り吹き飛んでしまった。

カイゼルが、突如踏み込みを大きくした。

「はっ！」

勝負が再開し、老冒険者の突きが再びゼノスに炸裂《さくれつ》。

木剣の腹で受けつつ、今度は足の筋力強化にも魔力を割いて、衝撃にも備える。

命ごと刈り取るような突きが続き、ゼノスがそれをなんとか受ける展開が続いた。

木槍が木剣を穿《うが》ち、衝撃音が間断なく鳴り響く。

最初は野次のような声が飛んでいたが、いつの間にか言葉を発する者はいなくなっていた。息をするのも忘れて、プラチナクラスの絶対強者と渡り合う名もなき男の一挙手一投足に見入っている。

だが、こっちは必死だ。動体視力の連続強化で、目が血走っているのを感じる。あまり長くは持たない。

「うぬあぁぁっ！」

少し焦《じ》れてきたのか、カイゼルは槍を大きめに引いた。

直後に繰り出される渾身の突き。これまでとは威力も速度も段違いだ。

――今だ！

ゼノスはそれを受ける――と、見せかけて、大きく身体を捻《ねじ》った。

「なにっ！」

防護魔法は使わず、その分の魔力を足腰の身体機能強化に振り分ける。

回転しながら突きをかわし、勢いのまま、右手に持った木剣をカイゼルの脇腹《わきばら》へと打ち込もうとする。

「笑止っ！」

しかし、カイゼルは空を切った木槍を、そのまま真横へと払った。

回転する木剣の軌道より、平行移動する槍の軌道のほうが短い。

木槍の腹が、ゼノスの胴を捉《とら》えようとした直前――

「《執刀《メス》》！」

ゼノスの残った左手に真っ白な刃が出現し、木製の槍は真ん中からすっぱりと切断される。

槍の先端は、遠心力で回転しながら、遠くの繁みまで飛んで行った。

半ばから切り取られた槍を茫然と眺めるカイゼルの脇腹を、ゼノスは木剣でぽんと叩く。

「はい、一本。正攻法じゃなくて申し訳ないが、一本は一本だ」

息をついて言うと、一部から小さな歓声が上がった。

カイゼルは一介のヒーラーが普通に戦って勝てる相手ではない。

そう、普通では。

唯一有利な点は、カイゼルはゼノスの情報を何も持っていないことだ。防護魔法で突きを防ぎ続け、踏み込みが大きくなる瞬間を狙《ねら》っていた。相手の武器が急造の木槍であることもわかっていたので、《執刀《メス》》を使えば切断できると判断した。

カイゼルは信じられない、といった風につぶやく。

「このわしが、負けた……？　奥の手を隠していたとは……今の白い刃はなんだ？」

「ちょっとした小技だ。別に勝ったとは思ってないよ。そもそも、あんたの本来の槍を使えば、防ぐことも切ることも容易じゃなかったはずだ。一発勝負の特殊ルールだから騙《だま》し討ちで取ったようなもんだ」

「ふぅん……」

アスカが口元をわずかに上げる。それは初めて見た笑顔と呼べるものだった。

「いやいや、だからおたくは一体何者？」

ジョゼが口をぽかんと開いて首をひねり、

「わぁ」

魔獣使いミザリーが小さく拍手をして、

「ちっ……」

ビーゴが舌打ちをして離れていく。

やがて、カイゼルが「ふあっはっはっは！」と大声で笑い始めた。

暗闇《くらやみ》の空に浮かぶ星々をしばらく名残惜しそうに見上げ、老冒険者はゼノスに視線を戻す。

「貴殿、名前は？」

「……ゼノス」

「ゼノスか。なるほど、世界はやはり広いな。騙し討ちと言うが、ルールが変われば貴殿は別の戦い方をしたはずだ。まだ手の内を隠しているな」

「買い被《かぶ》りだ。こっちはぎりぎりだよ」

「ふ……ははは、この年まで生き長らえてよかったわ」

カイゼルは、ゼノスの背中を大きな手の平でばしんと叩いて、上機嫌でその場から歩き去って行った。

「痛……背骨が折れるかと思った」

背中を押さえるゼノスの前で、アスカがすらりと立ち上がる。

「あなたはやっぱり面白い」

艶然《えんぜん》と微笑んだ彼女は、白い鞘《さや》に入った剣を右手に持ち、銀眼をロアに向けた。

「じゃあ、約束通り、やろうか」

＋＋＋

辺りの空気は急速に弛緩していった。

剣聖と一介の少女では勝負にならない、と誰もが思っていたからだ。

観客になっていた冒険者たちが散り散りになる中、剣聖アスカは、ただぼんやり突っ立っているだけのように見えた。

逆に言えば、どこにも力が入っていないとも言える。剣はまだ鞘に入ったままで、柄に指すらかかっていない。分厚い壁のような圧力を感じたカイゼルとはある意味正反対で、殺気はおろか戦いの意志すら感じ取れない。

無風。凪《な》いだ海。

そんな彼女から十歩ほど離れて、少し緊張した面持ちのロアが対峙《たいじ》した。

いつの間にか審判のような役割になったジョゼが右手をおもむろに上げる。

「じゃあ、はじめ、え？」

ジョゼの立ち合い開始の合図の直後、もうその場にロアの姿はなかった。

わずかな空白時間があって、少女の身体は離れた場所にどすんと背中から落ちる。

「え……え？」

困惑するジョゼを、アスカは横目で眺めた。

「はい、おしまい。この程度なら――」

そこで【銀狼】は言葉を止めた。

「う、いたたた……」

仰向《あおむ》けに倒れていたロアが、背中を押さえてゆっくり起き上がったのだ。

アスカの表情がわずかに動く。

「朝まで起きないと思ってたのに……」

今回の勝負は、ロアに弟子としての素質があるかを見極める目的なので、ゼノス対カイゼル戦とは違い、最初の一太刀を当てれば勝ちではない。ロアが戦えなくなるか、見込みがないと判断された場合に勝負は終わることになっていた。

そのためアスカとしては一瞬でロアを気絶させ、勝負を終えるつもりだったのだろう。

「こりゃ大変だな……」

二人の立ち合いを見守りながら、ゼノスはつぶやく。

剣聖への弟子入りは、ロア自身が勝ち取るべきものであるため、防護や能力強化魔法での支援は最低限怪我を負わない程度に留めるつもりだった。それでも剣聖の初撃くらいは防護魔法をかけようと思っていたが、【銀狼】の初手が速すぎて発動が少し遅れてしまった。

「ほぅ、意外とやるではないか」

「うわ、びっくりした」

耳元から聞こえたのはカーミラの声だ。

太陽は既に沈んでいるので、腕輪から飛び出して観戦に来たらしい。

幸い姿を消しているので周りには気づかれていないが。

「お前、それ驚くからやめろって言っただろ」

「くくく……そんなことよりクミル族の小娘、思ったよりやるではないか」

「確かに、な」

ロアがすぐに起き上がれたのは、少し遅れたとはいえゼノスが防護魔法を発動したことだけが理由ではない。ロア自身も反射神経の良さでわずかにポイントを外したのだ。

「……」

アスカは剣を収めた鞘を左手にだらんと持っている。

その腕がかすかに揺れた気がした。

「あぐっ！」

再びロアが吹き飛び、遅れてきた風がごぅと唸る。

とにかく速い。

能力強化魔法で動体視力を強化して、やっと鞘の先で突いているのがなんとかわかる程度だ。

地面をごろごろと転がったロアは、しかしまたも起き上がった。

「ま、まだまだっ、勝負はこれか――ぐっ」

言い終わる前に打たれ、また身を起こす。

それが二回、三回、四回と繰り返された。

最初の一回以外は敢えて防護魔法をかけていないが、ロアの狩猟民族としての動物的勘は、毎回ほんのわずかに剣聖の突きから急所を外しているのだ。

「しぶといな……もう眠いのに」

アスカは瞼《まぶた》を半分閉じながら言った。

真っ白な右手の指が、初めて剣の柄にかかろうとする。

「まずい……」

ゼノスはつぶやいて右手を前に出した。剣を抜かれたら、ロアはひとたまりもない。

少女の命を守るために、今度は本気で防護魔法を発動する必要がある。

だが――

「そりゃそうさ。あたしは剣聖の娘だからねっ！」

ロアのその一言で、剣聖のまとう空気が変わった。

閉じかけていた銀眼が、ぱちくりと瞬く。その視線はロアを正面から捉えていた。

「剣聖の、娘？」

「ああ、そうさ」

「私は、そういう冗談は嫌い」

「冗談でそんなこと言うかよっ。あたしは【雷神】の血を引いてるんだ」

まだ残っていた一部の観衆からは嘲笑の声が上がったが、アスカは黙ったまま佇んでいる。

柄に伸びかけていた右手を元の位置に戻すと、ゆっくりロアに近づき、至近距離で立ち止まった。

しばらくその体勢でいた後、やがてくるりと踵《きびす》を返した。

「私は弟子は取らない」

「ちょっ、待ってよ。まだあたしは……」

「もう眠いから今日は終わり。でも――」

アスカは一度足を止め、再び馬車のほうへと歩き出す。

「起きてる時なら、挑戦は受けてあげる」

「ほ、本当っ！」

ロアの顔がみるみる明るくなり、その場で飛び上がった。

そして、打ち身だらけの身体で、ゼノスに勢いよく抱き着いてくる。

「先生っ、やったよ！　弟子……じゃないけど、またチャンスをくれるって！　先生のおかげだよ、ありがとっ！　やっぱすげえや、先生っ！」

ロアの粘りに根負けしたのか、それとも少女の告白に剣聖として何か感じるものがあったのか、理由は不明だが【銀狼】は少しだけ態度を軟化させたようだ。

いずれにせよ、ロアは夢に一歩近づくことに成功した。

「よかったな。じゃ、俺もう帰っていいか」

というか、両腕できつく締め上げられているので、まあまあ苦しい。

ジョゼが冷静に突っ込んだ。

「僕も帰りたいのはやまやまだけど、馬車は引き返さないよ」

「わかってるよ。願望だよ、願望ぉぉぉ」

ロアに抱き着かれたままのゼノスは、夜空を見上げて呻《うめ》いた。

気がつけば、治療院から遥か遠くの辺境。

漆黒の天蓋《てんがい》を横切るように、星が一つ流れた。

＋＋＋

その頃、廃墟街《はいきょがい》の治療院ではエルフの幼女と三人の亜人が食卓を囲んでいた。

「やっぱり先生帰ってこないねぇ……」

ゾフィアは頬杖《ほおづえ》をついて、ふぅと溜め息をつく。

「後でその百年樹の並木公園ってところ行ってみたけど、もう誰もいなかったし、やっぱり行っちゃったんだろうねぇ」

ゾフィアはわしゃわしゃと頭を掻いて天井《てんじょう》を見上げる。

「あー、あたしがロアを頼むなんて言っちゃったから」

「まったくだとリンガは思う」

「このままゼノスが戻ってこなかったら、どう責任を取るつもりだ、ゾフィア」

「うぅ……」

リンガとレーヴェに詰められて、ゾフィアは珍しく肩を落とす。

紅茶のポットを盆に載せたリリが、食卓に顔を出した。

「ゾフィアさんを責めたら駄目だよ。私だってロアちゃんをお願いって言っちゃったし。それがなくてもゼノスはロアちゃんを放っておけなかったと思う。それがゼノスのいいところだもん」

「……」

ゾフィアは両手で頭を押さえたまま、リリに視線を向ける。

「はぁ……なぜかこういう時、リリだけは落ち着いてるねぇ」

「確かに、前にゼノスが地下ギルドの大幹部会に向かった時もそうだった」

「くっ、これが正妻の余裕とでも言うのか」

「え、そ、そんなことないけど」

リリはどぎまぎした顔で、盆をテーブルに置く。

「でも、ゼノスがロアちゃんを探しに出た時、なんとなくそんな気がしたから……」

だから、慌ててリュックを渡したのだ。カーミラがあのリュックに密かに腕輪を仕込んでいたことを知っていたから。

リンガとレーヴェは顔を見合わせて肩をすくめた。

「まぁ、カーミラ殿もいるし、大丈夫だとはリンガも思う」

「うむ、いつものように何食わぬ顔で戻ってくるだろうな」

「……」

しかし、ゾフィアだけは黙って虚空を睨んでいる。

「どうしたの、ゾフィアさん？」

「いや、あたしも先生は大丈夫だと思ってるけど……今回の目的地ってザグラス地方だろ？」

「うん、確か依頼の紙にはそう書いてあったよ」

リリが頷くと、ゾフィアは考えるような仕草で口を開いた。

「クミル族ってさ、あたしも何人か会ったことがあるけど、生まれながらの狩猟民族で身体能力がすごく高いんだ。個人個人も強いけど、特に集団では無類の強さを誇るって」

だから、魔獣の多い山々にも平気で集落を構えることができる。

「それがどうしたのだ？」

首をひねるレーヴェに、ゾフィアはおもむろに言った。

「でも、ロアの集落は魔獣の襲来で壊滅したんだ」

「……」

つまり、それだけ強力な魔獣が現れたということをゾフィアは言いたいのだろう。

リンガが紅茶のカップを手に取って、口に運ぶ。

「その話と今回の件にどういう関係があるのか、リンガはわからない」

「いや、当時幼かったロアが、自分がいた集落のことをどこまで把握していたのかわからないけどさ……」

ゾフィアはそう前置きをして、少し声を落とした。

「その滅んだ集落って、ザグラス地方なんだ」

第四章　ザグラスの地

「全員、馬車から降りろ」

王都の旅立ちから三日が経《た》ち、魔獣との戦闘を各所で繰り返しながら、冒険者一行は遂に馬車が進めないところまでやってきた。

細まった街道は一面でこぼこした荒地で、その先には急峻な山々が聳《そび》え立っている。

密集した山林の奥には、黒い山肌をした休火山ダイオスが静かに鎮座していた。

「ここがザグラス地方か」

ゼノスは片手で陽射《ひざ》しを遮《さえぎ》りながら言った。

「あ〜あ、やだやだ。虫は嫌いなのに」

ぶつくさと不満を口にしながらジョゼが馬車から降りてくる。

「ん、なんだろ……」

ロアは視線の先の山々を眺めて立ち止まった。

「どうしたんだ？」

「いや、なんか……懐かしい感じが……」

確認するようにつぶやいた語尾は小さく、他の者は聞き取ることができなかった。

馬車は一旦《いったん》引き返し、最寄りの村で待機、一週間後に迎えに来ることになっているらしい。

冒険者たちは分担して当面の水や食料を持ち、隊列を組んで山へと分け入った。

生い茂る木々。野放図に伸びた雑草が、獣道のような細い山道を左右から圧迫する。能力強化で筋力を向上させているため、荷物の運搬は大して苦ではないが、汗が頬《ほお》を伝い、久しぶりに冒険の感覚を思い出させる。

「止まれ」

先頭で声を上げたのは、プラチナクラスの槍《やり》使いカイゼルだ。

他者の三倍の荷物を軽々と肩に担《かつ》いだ老冒険者は、一同を振り返って言った。

「北西へ百歩の位置に魔獣だ」

随分と先の繁みの奥に討伐ランクB＋の魔獣、アイアンコングがいた。だが、こちらの戦力を警戒したのか、特に襲ってくることはなく、そのまま森の奥に消える。

「びびって逃げ出しやがった」

「ま、襲われたところで、この人数なら大したことねえよ」

その後はＥクラスの魔獣が何匹か襲ってきたが、ベテラン冒険者たちはそれらをあっさり片付け、山の中腹に向かって歩みを進めた。

ザグラス地方は鉱山業が盛んな地域であり、鉱夫たちのベースキャンプのような場所がそこにあるらしい。現在は魔獣被害の増加で採掘業は休止状態になっているらしく、そのせいで一度は整備された道が再び獣道のような荒地に戻ってしまっている。

そういう意味でも、国家としては早急に対策を打ちたいようだ。

「先生、あれ」

「ああ」

すぐ前を歩くロアの指さした先を見て、ゼノスは頷《うなず》いた。

少し先の木の根本に中型魔獣の姿がある。他に誰《だれ》も反応しないのは、既に息絶えているからだ。

あちこちに切り傷のようなものがあり、死後数日は経っているようだ。

「今度はブラウンボアか。色んな魔獣がいるな」

「確か討伐ランクCだったな」

「あの傷、吸血獣にやられたんじゃねえか？」

魔獣の体内に侵入して中から食い破る小型魔獣のことだ。

「吸血獣は魔獣にしか取りつかないから、俺《おれ》らが気にする必要はねえよ」

思い思いの感想を口にしながら、総勢三十名程度の冒険者たちは山道を突き進む。

吊り橋を渡ってからは魔獣の襲来はなく、山はどこか不気味な静寂を保ったままだ。

「……」

「どうしたんだ、ロア？」

前のロアがふいに立ち止まった。

「やっぱり、そうかもしれない」

「何が？」

「あたし、ここを知っている気がする。あたしが生まれた集落は、もしかしたらザグラス地方……だったのかも」

ゼノスはロアの顔をじっと見つめた。

「待てよ。ということは……」

ザグラス地方には十年ほど前に強力な魔獣が目撃されたという噂《うわさ》がある。

そして、ロアの集落は魔獣の襲来で滅んだという。

更に今回、この地方で謎《なぞ》の魔獣増加が認められている。

ばらばらの点と点が一つに繋《つな》がろうとした時、後ろを歩くジョゼが面倒くさそうに言った。

「ほら、後ろが詰まってるよ」

「ああ、悪い」

再び足を進めると、最年少特級治癒師《ちゆし》は、可愛《かわい》い顔をしかめて悪態をついた。

「あぁ、もう、伸びた草がチクチク刺さって気持ち悪い。なんだって特級治癒師の僕がこんなこと……」

「本当の冒険ってのはこんなもんだ。いい経験になったじゃないか」

「冒険は本だけで十分だよ」

そこでふと気づいた。繁った草のかなり向こうに、冒険者のローブがちらちらと見え隠れしている。あの小柄なシルエットは確か魔獣使いのミザリーだ。

見た目通り体力はないようで、集団から随分と遅れている。ゼノスはブロンズランクの冒険者に呼びかけた。

「おぉい、大丈夫か？」

「あ、す、すいません、足手まといで。私のことは気にせず先に行って下さい」

それで気づいたのか、何人かの冒険者が彼女の元に駆け寄り、荷物を持ってやっているようだ。

ミザリーはぺこぺこと頭を下げている。

そこから一刻ほど山道を登り、太陽が中天を過ぎた頃、ようやく最初の目的地——鉱夫たちがベースキャンプにしていた山小屋に到達した。


「はぁ、やっとついたか」

「油断するな、これからが本番だぞ」

「わかってるよ。何年冒険者やってると思ってんだ」

一旦の目的地にたどり着き、冒険者たちは一息をついて互いに言葉をかわす。

山小屋の周囲は人工的に切り拓かれた広場のようになっていた。

「思ったより悪くないけど、長期滞在は勘弁だね」

山小屋に入ったジョゼが、眉《まゆ》をひそめて感想を口にする。

全体的に黴《かび》臭く建物の年季は感じるが、沢山の鉱夫が使っていただけあって、五十名程度は収容できるくらいの広さがある。大部屋の他に小部屋も幾つかあり、簡単な調理場もあるようだ。

山小屋の裏、森のほうに入ったところには汗を流せる泉があり、それがここを駐屯地にした理由でもあるのだろう。

担いできた水や食料を倉庫に保管した後、カイゼルが山小屋の前に一同を集めて言った。

「さて、食料の備蓄は一週間。依頼をどう進めるか、段取りを決めておかぬか」

年齢と冒険者暦の長さ、そしてプラチナランクという格から、この老冒険者がいつの間にかリーダーのような位置付けになっている。なぜか意見を伺うようにちらちらとこっちを見てくるが、冒険者でもない一介の闇《やみ》ヒーラーが出しゃばる場面でもないので気づかないふりをする。

「で、ゼノス殿はどう考えなさるかな」

と思っていたら、名ざしされた。

「なんで？　何者でもない俺の意見を聞いても仕方ないだろ」

「ふあはっは。謙遜なさるな。わしに土をつける貴殿が、只者ではないことはわかっておる。訳あって真の姿を隠しているのだろう」

「いや、隠してないけど……」

いや、隠してるか。だが、決していい意味ではない。

「作戦はそっちで決めてくれ。冒険者としてもキャリアはあんたの方がずっと上なんだ」

「で、貴殿の意見は？」

「人の話を聞けぇぇ」

このじいさん、時々現れる人の話を聞かない系か。

「すまんのぅ、最近耳が遠くてのぅ」

「急に年寄りぶるなよ。プラチナランク……」

大きく溜《た》め息《いき》をつくと、ゼノスは軽く参加者を見渡す。

「ええと……今回の表向きの依頼は、ザグラス地方における魔獣増加の原因究明。裏の意図としては原因となっているであろう魔獣を探し出して討伐、さっさと採掘業を再開させろ、ってところまではみんなわかっているだろ」

カイゼルと何人かの冒険者が頷いた。

「元凶はそれなりに強力な魔獣であることが想定される。で、やばい魔獣の近くにはやばい魔獣が集まる。だから、これだけの人数がいるなら、手分けをして山に入って、出会った魔獣を報告し合う。より強力な魔獣がいるほうに調査を進めていけば、いずれ元凶に行き当たるはずだ」

「ふはは、さすがゼノス殿。良い案だ」

「ま、理想論だけどな」

ゼノスが答えると、腕を組んで壁にもたれかかっていた男が、吐き捨てるように言った。

「はっ、くだらねえ。俺らは勝手に動くぜ」

シルバーランクのパーティ【髑髏犬《どくろいぬ》】のリーダー、ビーゴだ。

「魔獣増加の元凶を倒した奴《やつ》が、一番多く報酬を貰《もら》えるんだ。なんで仲良く協力し合わなきゃいけねえんだよ。取り分は俺らのもんだ、誰にも渡さねえよ」

やはり、依頼の性質上必ずこういう奴は現れるとは思っていた。

ビーゴの憎々しげな視線は、【銀狼】に向いている。

それを少しも意に介さず、アスカも言った。

「私も。後は勝手にやらせてもらう」

慌てたのはロアだ。

「え、待ってよ。じゃあ、あたしも連れてって。挑戦は受けるって言ってくれただろ」

「任務中は別。それに足手まといはいらない」

「ひどい、弟子なのにっ」

「弟子じゃない」

二人がやり合うそばで、軽く右手を挙げたのはジョゼだ。

「僕は山小屋に残るよ。山歩きはもう勘弁。小部屋の一つを僕の居室兼診療所にするから、怪我《けが》したら来て。仕方ないから治療してあげる」

遅れていたミザリーも数人の冒険者に支えられるように、山小屋にたどり着いていた。

「じゃ、じゃあ、私は食事の用意をします。皆さんにお世話になったのでそれくらいはさせて下さい。来る途中に野兎を狩ることができたので、スープにします」

集団から小さな拍手が起きる。だから少し遅れていた訳か。

一旦、解散となった後、リュックの中からぼそりと声が聞こえた。

「なんだか一波乱ありそうじゃのう」

「だから、嫌な予言はやめろって」

「予言というより、予想じゃな」

カーミラの声が、一段低くなる。

「あのトサカ頭が言った通り、これは七大貴族からの莫大な報酬がかかった依頼じゃ。ここは魔獣のはびこる山中。外部の目もない。ならば、こう考える者がおってもおかしくはないじゃろう。他・の・邪・魔・な・冒・険・者・が・い・な・く・な・れ・ば・報・酬・は・独・り・占・め……」

「お前、嫌なこと思いつくな」

「くく……天下の知恵者と呼ばれたわらわならば当然の考察よ」

「天下の知恵者？　本当か？」

「嘘《うそ》じゃ」

「嘘かよ！」

それぞれの思惑を抱えたまま、冒険本番の幕が開けようとしていた。

＋＋＋

「《治癒《ヒール》》」

ジョゼが冒険者の腕に手をかざすと、傷はみるみるうちに塞《ふさ》がっていく。

「うお、すげえ。わずかな時間でこんなに綺麗《きれい》に治るのか。こんな治癒師初めて見たぜ」

「当たり前でしょ、僕は特級治癒師だよ」

感嘆する冒険者の一人に、ジョゼは面倒くさそうに言った。

単独行動を希望した【銀狼】や【髑髏犬《どくろいぬ》】のパーティを除いて、冒険者たちはカイゼルの指示のもと、担当エリアを分けて魔獣討伐に臨むことになった。夜にそれぞれの情報を持ち寄って、地図に魔獣の種類と分布を書き込んでいき、元凶となる魔獣の生息域を絞り込んでいく方針だ。

カイゼルは危険な魔獣を見つけた場合は無理せずに引き返すよう伝えているようだが、それぞれにプライドのある冒険者たちなので、すごすごと帰ってくる者はおらず、戦闘の末に怪我《けが》を負ってくる者も少なくない。

「あぁ、全然休めない……」

そんな訳で、診療所となっているジョゼの部屋には、ひっきりなしに冒険者がやってきていた。

部屋の隅で腕を組んで立っているゼノスを、ジョゼは恨めしげに眺める。

「で、ゼノスさんだっけ。どうしてずっと僕の部屋にいる訳？」

「いや、せっかくの機会だし、特級治癒師の治療ってやつに興味があってな」

「あっという間に傷が完治するから驚いた？　ま、僕にとってはこれが普通だけどね。どうしてみんなこの程度のことに苦労するのか不思議でならないよ」

「まあな、俺もそれが普通だと思っていたよ」

「は？」

「いや、なんでもない」

ジョゼは一応王立治療院の人間だ。取り締まり対象となる闇ヒーラーとしては、下手に出しゃばらないほうがいいだろう。

ただ、一つ気になることがある。

「ちなみに治療はそういうやり方でいいのか？」

「は？　どういうこと？」

「いや、さっきから見てると、どの傷も同じように治してるだろ。個別に傷の広がりや種類、深さを見てから魔法を調整したほうがよくないか？」

ジョゼの治療は、簡単に言ってしまえば力技だ。

圧倒的な治癒の力を注《そそ》いで、切り傷だろうが、刺し傷だろうが、半ば問答無用に傷を塞いでしまう。しかし、それ故に若干無駄が多い気がしたのだ。魔力の節約や治療の精度を考えるならば、もう少し丁寧に調整したほうがいいのではないか。

「え？　まさか特級治癒師の僕に、治癒魔法の講釈を？」

「ああ、すまん。そういうつもりじゃないんだ。治癒魔法の常識をあまり知らないから、普通どうなのかと思って」

戦闘中などゆっくり怪我を診る暇がない時は、ゼノスも力技で回復させることもあるが、患者と向き合える状況であれば、もう少し個別に魔法を調整するようにしていた。

ジョゼは憮然《ぶぜん》として応じる。

「……ふん。前にシャルバード先生にも似たことを言われて、嫌味のように治癒魔法学の基礎の教科書を渡されたけど、別に治ればよくない？　この程度の治療で僕の魔力が枯渇するなんてあり得ないし、細部の精度が多少甘くても、後は自然治癒力で元に戻ってくる訳だし、彼らの生活に支障はないでしょ」

「日常場面ではそうだ。だけど、今は冒険中だろ。いつ不測の事態が起こるかわからない。なるべく万全を期したほうが――」

「ああもう、うるさいな。おたくは戦闘員でしょ、素人は黙っててよ」

「戦闘員じゃないんだが……」

「プラチナランクと渡り合える男が、戦闘員じゃなくてなんだっていうのさ」

否定するも、機嫌を損ねたジョゼに、部屋を追い出されてしまう。

「まいったな……」

もう少し特級治癒師の治療を見ておきたかったが、伝え方が悪かったようだ。

反省しながら山小屋から出ると、もう空は黄昏色に変わっていた。

広場ではロアが真剣な表情で剣の素振りをしている。

「先生、治療は終わったの？」

「いや、俺の出番はないみたいだ。それより、まだやってたのか」

「そりゃそうだよ。そういう約束だからさ」

山小屋での集会の後、ロアがアスカに挑もうとしたら、アスカは一つ条件を出した。

勝負は受けるが、アスカの攻撃は三回まで。その間に戦闘不能になったら今日の魔獣討伐は諦《あきら》めて素振りをしておくこと。

勝負は予想通り一瞬で決し、ロアの一日は素振りで終わりそうだ。こちらとしては、ロアが独り勝手に魔獣討伐に向かわずに済んだため、むしろ安心ではあった。

ロアは大きく剣を振りかぶって言った。

「夜に師匠にリベンジするから、しっかり鍛えておかないと」

「熱心だな」

「当たり前だよ。だって……」

ロアはそこで言葉を切って、ゆっくりと確認するように言った。

「先生。もしかして、今回の元凶の魔獣とあたしの集落を襲った魔獣って一緒なのかな」

「わからないな……」

クミル族の集落が襲われたのは十年近く前だ。

時間が随分と空いているし、無関係の可能性も十分にある。しかし、当然ながら絶対に違うとも言い切れない。

ひゅんっ、とロアの剣先が、宙を勢いよく切り裂いた。

「だったら、余計頑張らないとね。剣聖に一太刀浴びせて認められる。そして、みんなの仇《かたき》を討つんだ！」

「……」

頬を撫《な》でる風に、山の空気の冷たさが含まれていた。

夜がやってくると、冒険者たちが続々と大部屋へと集まってきた。

この場にいないのは単独行動を希望した者たちだけだ。

【髑髏犬《どくろいぬ》】のメンバーは奥の小部屋を一つ占拠して使っているようで、【銀狼】は山小屋には入らず、広場の端で焚き火をしている。

アスカのすぐそばで仰向《あおむ》けに転がっているのはロアだ。

一瞬でやられた様子。昼間の威勢はどこへ行った。

ただ、特級治癒師ジョゼの治療によるバックアップもあり、誰も欠けた者はいない。そのジョゼと目が合うが、日中のやり取りを根に持たれているのか、露骨に逸《そ》らされてしまう。

それでも全員無事という事実をまずは喜ぶべきだろう。

「お前の予感、珍しく外れたな」

「まだ結論を出すのは早いぞ」

リュックに語りかけると、そんな返事が返ってきた。

「どういうことだ？」

「仮に報酬の取り分を増やすために参加者を減らそうと考える者がおるとしても、動くのは目的達成の直前か直後じゃろう。今下手に動くと闇雲《やみくも》に味方の戦力を減らすだけになってしまう。頭数を減らしすぎて目的を達成できなければ、そもそも本末転倒じゃしの」

「なるほど……っていうか、あくまで内輪もめは前提なのかよ」

「くくく……人間の業の深さについては貴様より知っておる。伊達《だて》に三百年生きておらんわ」

「死んでるけどな……」

リュックの中のレイスといつもの会話をしていたら、カイゼルが両手をぱんと打ち鳴らした。

「食べながらで構わん。担当エリアと遭遇した魔獣を順番に報告してくれ」

リーダーの合図とともに、冒険者たちから報告の声が上がる。

ちなみに食事についてはベイクラッド卿《きょう》から配給された食料をもとに、ブロンズランクの魔獣使いミザリーが管理と調理を買って出てくれた。保存のきくパンに干し肉という定番だが、獲れたての兎肉と山菜を煮出したスープもついており、食欲をそそる香りを含んだ湯気が立ち昇っている。

「うめえっ」

「こんなところで、こんなまともなもんが食べれるとはな」

「ミザリーちゃん、冒険が無事に終わったら結婚してくれっ」

「お前、それ不吉なやつな」

一同から笑いが起き、ミザリーは少し照れた様子で頭を下げている。

そうしている間にも、壁に広げた大きな地図に、次々と魔獣の発見場所と名前が書き込まれていく。カイゼルが顎髭《ひげ》を撫でながら地図を睨《にら》んだ。

「ふむ……これを見る限り、北西エリアが匂《にお》うな」

むしろ、それ以外の地域には魔獣自体があまり発見されていないようだ。

その後、明日の担当エリアの割り振りと夜の見張り番が決まり、汗を流すために森の奥の泉に向かう者、勝手に酒盛りを始める者、早々に眠りにつく者など各自思い思いに過ごし始めた。

「いいのぅ、野兎のスープはわらわに寄越すんじゃ、ゼノス」

傍《かたわ》らに置いたリュックから声がする。

「えぇ、お前別にいらないだろ」

「冒険飯が食べたいんじゃあ。冒険飯こそ冒険の醍醐味なんじゃぁあっ！」

「冒険飯って何……？」

レイスと小声でやり合っていると、カイゼルが近寄ってきた。

「さあ、ゼノス殿。武人の在り方について夜通し語り明かそうではないか」

「……嫌だ」

「謙遜なさるな。武について語りたくてうずうずしておろう」

「俺は武人じゃないぞ」

「ふあっはっは、わしと互角に渡り合える男が武人ではなくなんだと言うのだ」

「話を聞けぇえ、老人っ」

絡《から》んでくる老冒険者をなんとか振り切り、ゼノスは山小屋の外に出ることにした。

広場の端では、相変わらず焚き火の前で、アスカがうとうとと舟をこいでいる。そばでロアが仰向けになっているのは一緒だが、さっきと倒れている角度が違うということは、起き上がってまた倒された訳だ。なかなかめげない娘だ。

「【銀狼】。ロアに付き合ってくれて礼を言うよ」

近づいて言うと、アスカはうっすらと瞼《まぶた》を開けた。

「別に……私も昔はこんな感じだったから」

アスカは弟子を取らないと言ったが、ロアの挑戦が結果的に十分に有用な稽古になっている気がする。ロアが未来の剣聖になれるかはわからないが、現代の剣聖と毎日のように手合わせできた経験は必ず糧になるだろう。ロアのなりふり構わない懸命さが、少しは剣聖の心に響いたのかもしれない。

「ところであんた飯は食べないのか？」

「私は狩りの時はあまり食べない。空腹のほうが神経が研ぎ澄まされるから」

ゼノスは仰向けに転がっているクミル族の少女に目を移した。

「ロアの奴……まだ、しばらく目を覚ましそうにないな」

「しつこいから、ほんの少しだけ力を込めた。だから、朝まで起きないと思う」

剣聖はそう言って、半分白目を剥《む》いたロアをじぃと眺める。

「この娘が……【雷神】の娘っていうのは……本当？」

「先代剣聖のことか？　俺も真実は知らないけど、ロアがそう言うならそうなんじゃないか。器用に嘘をつけるタイプじゃないし」

「軽く言うけど、それってかなり重要なことだと思う」

「そうか？　別に誰が親でも関係ないだろ。ロアはロアだ」

「……」

アスカはわずかに目を見開いた。

「変わった人……」

そうつぶやいて、少しだけ口元を緩める。
嵐《あらし》の前の静けさのような、独特の空気感をはらんだまま、山の夜が更けていく。
そして、異変が起きたのは翌日だった。

第五章　特級治癒師と闇ヒーラー

「いやったーっ！」

まだ朝靄が漂う中、ロアの叫び声が聞こえてゼノスは山小屋を出た。

何があったのかと思ったが、クミル族の少女は消えた焚き火の前でぴょんぴょんと元気に飛び跳ねている。

「朝から何を騒いでるんだ、ロア？」

「先生。聞いてよ、あたし三回耐えたんだ！」

ロアは誇らしげに胸を張った。

目を覚ますや否やアスカに手合わせを挑んだところ、九回目の挑戦で剣聖の一撃をくらうことなく、ぎりぎり耐え抜いたという。

「しつこい……こっちは眠いのに……」

不満げに瞼《まぶた》を指で押さえるアスカに、ロアは喜々として言った。

「でも、十回までは相手してくれるって朝言ってたじゃん」

「それは寝ぼけている時にした約束」

「でも約束は約束だろ。約束通り今日は魔獣討伐に同行していいよね、師匠？」

「師匠じゃない」

アスカは肩を落とし、大きく溜《た》め息《いき》をついて、元気いっぱいのロアに目を向ける。

「……私の邪魔をしないこと。あと勝手な行動はとらないこと」

「はい、師匠っ」

「だから、師匠じゃない」

アスカは「もうちょっと真面目《まじめ》にやればよかった……」と、ぶつくさ呟いた後、今後はゼノスに視線を送った。

「……あなたも来て欲しい」

「え、俺《おれ》も？」

「そもそもこの娘を冒険に連れてきたのはあなた。私は団体行動に慣れていないから、お守りをお願い」

「お、おう……」

まあ、積極的にロアを連れてきた訳ではないが、結果的にそうなったので反論もできない。

元凶となる魔獣の捜索はカイゼルをリーダーとして各班が手分けをしながらやっているし、治癒師としてもここには特級治癒師のジョゼがいるから、特に出番はなさそうだ。

そんな訳で、ゼノスは結局アスカとロアの二人に同行することにした。

朝を迎えて山小屋からぞろぞろと出てくる冒険者たちを尻目《しりめ》に一足先に山に入る。

「よっしゃー、五匹目を倒したぞ！」

太陽が中天に達する頃、ロアは山道で剣を持った拳《こぶし》を突き上げていた。

道中、繁みの奥からちょくちょく襲ってくる魔獣は、本人の希望もあって、ロアが対応している。

戦況によっていつでも支援できるように準備をしているが、今のところ魔法発動の必要がないくらいにはよくやれているように見える。さすが生まれながらの狩猟民族だ。

多分アスカの稽古も実を結んでいるのだろう。

だが、その師匠役からは淡々と指摘の声が上がった。

「無駄な動きが多すぎる。それだとすぐに疲労が溜まって反応が落ちる」

「わ、わかった」

「重心が偏りすぎ。それだと別方向から同時に魔獣が襲ってきた時に対応できない」

「はい、師匠っ」

「師匠じゃない」

当代随一の剣聖から見れば、まだまだ問題だらけのようだ。

「なんだかんだ指導してくれてるんだな」

ゼノスが言うと、アスカは少し黙ってから答えた。

「足手まといを連れ歩くのは嫌なの」

この主張はずっと一貫している。だからこそ気になることがあった。

「それだけ他人との行動を嫌うあんたが、どうして今回の冒険に参加したんだ？」

「……」

再びわずかな沈黙の後、アスカは言う。

「確かめたいことがあるから」

「確かめたいこと？」

ジョゼが同行理由を尋ねた時も、気になった、との回答だったはずだ。

しかし、アスカがそれ以上話す気はなさそうなので、とりあえず今は任務の遂行を優先しようと決める。ゼノスは鬱蒼《うっそう》と茂る山林をぐるりと見渡した。

「ただ……妙だな」

「……ええ」

ゼノスのつぶやきに、アスカが同意を示す。そこにロアがやってきた。

「先生、師匠、何が妙なの？」

「いや、今回の任務ってザグラス地方の魔獣被害増加の原因を探りに来た訳だろ？」

「うん」

「その割には魔獣が少なくないか？」

「……」

ロアが目を丸くして「確かに……」と頷《うなず》く。

王都を出発して一週間近く。カイゼルのリーダーシップのもと、冒険者たちが手分けをして山に入り、魔獣の種類と遭遇場所をまとめている。その結果、現在は山の北西エリアに魔獣が集中しているらしく、そちら側に捜索の手を広げている状況だが、その北西エリアですら、魔獣の数も質も想像を下回っている。

「先生、それってどういうこと？」

「まだわからないな。元凶となる魔獣が他の地域に移った……もしくは休眠状態になったってことだが……」

「え～」

「なんで残念そうなんだよ」

「だって手柄をあげる機会が……」

「相手は凶悪な魔獣だ。静かにしてくれるに越したことはないぞ」

「……そうだね。ごめん、先生」

故郷が魔獣に襲われた時のことを思い出したのか、ロアは素直に頭を下げる。

とはいえ、相手は魔獣だ。期待通りにいかないことは、長い冒険者生活で骨身に染みている。

ゼノスはアスカに目を向けた。

「あんたはどう思う？」

「……わからない。でも、ここにはまだ何かある……気がする」

「だよなぁ……」

山全体にどことなく重苦しい空気が漂っている。何かすっきりしない感覚。カーミラに尋ねればもう少し的確な予感を口にしてくれるかもしれないが、リュックは山小屋に置いてきてしまった。

「あれ……匂《にお》う？」

ロアが突然腰を低くして、くんくんと鼻を鳴らし始めた。

「どうした？」

「あっち」

そのまま藪《やぶ》を掻《か》き分《わ》けて、ロアは走り出す。ゼノスはアスカと顔を見合わせてから、後を追った。

しばらく行くと、雑草の生い茂る場所にロアがしゃがみこんでいた。

「どうしたんだ、ロア？」

「先生、足跡がある」

見ると、草の隙間《すきま》から腐葉土が覗《のぞ》いており、そこに人の頭ほどの大きさの足跡が刻まれていた。土の窪《くぼ》み具合から、五本の指にかなり鋭い爪《つめ》がついていることが見てとれる。

「これは――？」

「多分、アイアンコングだよ」

ロアが足跡の縁をなぞりながら言った。

貧民街の裏山で彼女が遭遇した討伐ランクＢ＋の魔獣だ。

一般的には危険ランクに分類され、討伐には腕利《うでき》きの冒険者が数人は必要とされる。

確かこの山に入った時にも一度見かけた気がする。

「わかるのか？」

「この前、匂いを覚えたから」

さすがというか、犬なみの嗅覚だ。ロアは足跡に更に鼻を近づける。

「まだ新しい。さっきまでこの辺りにいたんだ」

「……」

ゼノスは再びアスカと顔を見合わせた。

ザグラス地方での魔獣被害増加。それなのに魔獣はあまり見当たらず、少し離れた場所でアイアンコングの足跡が見つかった。静かに何が動いているような、そんな妙な感覚がある。

その時、少し先の繁みで冒険者たちの声がした。

「おい、お前、腕を怪我《けが》してるぞ」

「あれ、本当だ。いつの間に？」

木々の奥で、四人ほどのパーティが会話をしている。

そのうち一人が左腕の肘の辺りから流血していた。

「草で切ったのかもな。この程度ならどうってことねえよ」

「いや、よくねえよ。小さな傷が積み重なって動きが鈍るんだ」

「今回の冒険にゃあ特級治癒師がいるんだ。山小屋に戻って治療してもらえ」

「……はいはい、わかったよ」

さすがベテランらしく、周りはしっかりした助言をしている。実際その通りで、傷は小さなものであっても、痛みでわずかに判断力や動きが鈍るのだ。それが積み重なればいつか致命的なミスをする。

だから、パーティにいた時は味方の怪我《けが》は一瞬で回復するようにしていた。その結果、何もしていないと思われたのは因果なものではあるが。

「……」

そんなことを思い出しながら、山小屋に戻る冒険者の背中をゼノスはじっと見つめていた。

＋＋＋

「あぁ、早く帰りたい……」

その頃、冒険者たちの拠点となる山小屋では、最年少特級治癒師のジョゼが大きな溜め息をついていた。

王立治療院の院長であるシャルバード卿《きょう》から半ば無理やり任された仕事。

――若いんじゃから、安全で快適な場所にばかりこもっておるでない。任務をやり遂げることができれば、何か得るものがあるじゃろうて。

そんな言葉とともに半ば無理やり送り出されたが、今のところ得るものなど何一つない。

今回の任務は七大貴族のバックアップがあるため、移動手段が用意されており、食糧も豊富にあるし、山小屋から少し離れた場所には身体を洗う泉もある。他の冒険者たちに言わせると、こんなに快適な冒険はそうないらしいが、ジョゼとしては不満だった。

山中だから幸い暑さはそれほどでもないが、ベッドは硬いし、あちこち埃《ほこり》だらけだし、虫はやたらと多い。ミザリーという魔獣使いが用意してくれる食事は決してまずくはないが、ここでは好物のバターと蜂蜜をたっぷりのせたトーストだってない。

その上、どこの誰《だれ》かもわからない男に、治療のやり方にケチをつけられたのだ。

「あぁ、思い出したらむかむかしてきた。僕は特級治癒師だぞ」

やはり冒険譚は読んだり聞いたりするものであって、実際に体験するものではない。

得た教訓はそれくらいだ。

「おう、治療いいか」

「はいはい……」

治療室として使用している一室には、朝から冒険者たちがひっきりなしにやってきている。

切り傷を負っている者が多く、既に十五人以上を治療していた。

さっさとごろごろしたいのに。

「《治癒《ヒール》》」

ジョゼが手をかざすと、男の腕の傷がみるみる塞《ふさ》がっていく。

「おぉ、ほんとすぐに治るんだな。あんたすげえな」

「当たり前でしょ。僕は特級治癒師だよ」

こんな辺鄙《へんぴ》な場所で最高級の治療を受けられるのだから、感謝して欲しいものだ。

男が意気揚々と出て行くと、また別の冒険者がやってきた。

「よう、治療頼むぜ」

「……」

ジョゼは訝《いぶか》しげに眉《まゆ》をひそめる。

「おたく、今日二回目？」

「ああ、まあな」

粗暴な顔つきの者が多く、正直区別がつきにくいが、それでも朝のことなので見覚えがあった。

今度は下腿に長い切り傷がある。ジョゼは溜め息をついて言った。

「しっかりしてよ。おたくら熟練冒険者なんでしょ。魔獣の一匹や二匹、無傷で片付けてくれないと。この程度の怪我をいちいち僕に治療させないでよ」

「うっせえな。一回目も二回目も、別に戦闘で傷を受けた訳じゃねえよ」

「じゃあ、なんで怪我してんの」

「知らねえよ。気づいたら痛みが走って切れてたんだよ」

おおかた藪を歩いている時に、草で切ったのだろう。

熟練の冒険者が聞いて呆《あき》れる。

「はい、終わり」

いつものように治療を済ませ、男が出て行くと、ジョゼは治療室のベッドの縁に腰を下ろした。

「あぁ、休みたい。帰りたい」

恨めしげにつぶやいて、硬いベッドにごろんと横になる。

だが、山小屋の外で「あれ？」という声が聞こえた。

すぐに「おい、治癒師。どうなってるんだ」とさっきの男がすぐに戻ってきた。

「もう……なんなんだよ」

面倒くさそうに身体を起こし、ジョゼは眉をひそめる。

「どうしたの？　治療はもう終わったけど」

「それがまた怪我してんだよ」

「は？」

見ると、確かについさっき治したはずの足に、切り傷があって赤い血糊が滲《にじ》んでいた。

「まさか転んだの？　本当にしっかりしてよ」

「ちげえよ。歩いてたら突然切れたんだよ。お前こそちゃんと治療したのか？」

「はあ？　特級治癒師の治療にケチをつける気？」

大した傷ではないので若干適当に治したのは事実だが、傷口は間違いなく塞いだ。

睨《にら》み合《あ》っていたら、その前に腕を怪我していた冒険者が診察室に飛び込んできた。

「おい、治癒師。また怪我しちまったぞ」

「……え？」

さっき傷があった場所の周囲に流血があるのが見て取れる。

――どうなってるの？

一人だけではない。男の後ろからも続々と冒険者たちがなだれ込んできた。

全員、どこかしらに切り傷があるようだ。

「な……なんで……？」

訳がわからない。一瞬、彼らが自作自演で傷を作って嫌がらせをされているのかとも思ったが、冒険者たちもさすがにそこまで暇ではないだろう。

ただ、この場に不信感が満ちているのは感じる。

侮られるのは、特級治癒師としてのプライドが許さない。

「わかったよ。ちゃんと治せばいいんでしょ。そこに並んで」

怪我を負った冒険者たちを一列に立たせ、端から順番に治癒魔法をかけていく。

いつもより多めの魔力を込めて、半ば無理やり傷を完全に塞いだ。

――個別に傷の広がりや種類、深さを見てから魔法を調整したほうがよくないか？

ふとゼノスと名乗る男の言葉が脳裏をよぎった。

「……うるさい」

原因がなんであれ、血管と皮膚を再生させて塞げば、物理的に血は止まるのだ。

この程度の怪我をわざわざ労力をかけて精査するのもプライドに触る。

「はい、全員終わ……」

二十数人の治療を瞬く間に終え、得意げに振り返ったところでジョゼは絶句した。

「は……？」

最初に治療した冒険者の腕に、再び傷ができていたのだ。

男たちは不安げに顔を見合わせて、声を荒げる。

「お、おいっ」

「どうなってんだよ」

「こ、こっちが聞きたいよ」

ジョゼが再び列の先頭に戻ろうとした時――

「うっ」

「痛っ」

他の冒険者たちの身体にも次々と切り傷が現れ始めた。しかも、驚くことに最初より傷が広く深くなっている。塞いだそばから傷が現れ、いつの間にか床には血だまりが広がっている。

出血も馬鹿《ばか》にできない量になってきた。

「《高位治癒《ハイ・ヒール》》！」

ジョゼは咄嗟《とっさ》に両手を掲げて、一段上の治癒魔法を詠唱した。

魔法の効果範囲を広げ、その場の全員に同時に治癒の光を浴びせかける。

「うがっ」

「おい」

「ちょっ」

できかけた傷が、ジョゼの治癒魔法ですぐに塞がった。しかし、少しでも魔力を弱めるとまた傷が開いていく。再発する切り傷と治癒魔法のせめぎ合いが続く。

「おい、これは――」

「気が散るから話しかけないでっ！」

ジョゼは両手を前に向けたまま、早口で言った。ここに来てようやく何かがおかしいことをはっきりと認識する。これは明らかに普通の傷ではない。

だが――

「つっ」

鋭い痛みが左腕に走り、思わず顔を歪《ゆが》める。

――え？

見ると、正面にかざした自分の腕に赤い亀裂が走っていた。

「な、どうして僕まで――」

「ぐっ」

「ぎゃあっ！」

――しまった。

気を抜いた瞬間に魔力が弱まり、冒険者たちの身体から再び血が噴き出す。

「《高位治癒《ハイ・ヒール》》！」

すぐに治癒魔法を発動して、まずは自分の怪我を修復。

そのまま冒険者たちの傷を塞ぎにかかるが――

「痛っ！」

治したばかりの自身の腕には、もう深紅の亀裂が走っていた。

魔力にはまだ余裕がある。しかし、鋭い痛みのせいで出力が安定しない。そのせいか冒険者たちの出血も止まり切らず、何人かが呻《うめ》き、何人かは既に血だまりに倒れ伏していた。

「な……なんでっ……」

腕だけではなく、背中や足にも次々と引き裂かれたような痛みが走り、ぬるりとした感触が肌を伝っていくのがわかる。傷を塞いでいる間に新たな傷が生まれ、出血はおさまらない。断続的にやってくる痛みと出血が思考力と集中力を奪っていく。

次第に意識までもが朦朧《もうろう》としてきた。

ジョゼはがっくりと膝《ひざ》をついて、そのまま前方に倒れた。

——こんな、はずじゃ……。

ぼやける視界に、真っ黒な姿をした何かが近づいてくるのが見える。

獣か、魔獣か。

それとも死神か。

「ジョゼ」

死神が自分の名前を呼んだ。

いや、死神ではない。

死神と見紛うような、漆黒の外套《がいとう》を羽織った人間だ。

ジョゼは細い息を吐きながら、息も絶え絶えに言った。

「嫌な予感はしてたんだ……報酬を独り占めするために、他の冒険者を始末しようと考える奴がいるかもしれないって……」

相手は右手に白く光る刃物のようなものを持っている。

「ゼノス……って言ったよね。これ……あんたの仕業……？」

得体の知れない【特別招集者】は、無言のまま近づいてきて、右手の凶器を持ち上げる。

「動くなよ」

振り下ろした白刃が、ジョゼの背中に突き立てられた。

＋＋＋

ザグラス地方の峻険な山々から遠く離れた王都。

豪奢《ごうしゃ》な建物が居並ぶ貴族特区の一角に、上級貴族たちの社交場となるサロンがある。

美しく刈り込まれた芝の庭園を望む一室に、二人の人物の姿があった。

椅子《いす》に腰を下ろした、髭《ひげ》を蓄えた紳士が口を開く。

「しかし、どうなるでしょうかな」

窓際に立つ端正な顔をした貴公子が振り返った。

「どうなる、というのは？」

「勿論、貴公の手配した魔獣増加の原因調査の件だ」

二人は七大貴族筆頭のベイクラッド家次期当主のアルバート・ベイクラッドと、穏健派とも称されるフェンネル卿だ。

立ち上がったフェンネル卿は、窓際のアルバートの横に並んだ。

「【最重症】の予言とは不吉極まりない。ザグラス地方の任務が無事に片付けばよいが」

王都は快晴だが、遠くの空には灰色の雲が厚く垂れ込めている。

雲間に閃光《せんこう》が走り、腹に響くような遠雷の音が聞こえた。

「きっと大丈夫でしょう。今回は我が国の切り札が二人も同行しています」

アルバートが窓の外に目を向けて答えると、フェンネル卿は瞬《まばた》きをした。

「二人？　一人は【銀狼】のことですな」

アルバートは無言のまま頷く。フェンネル卿は続けて口を開いた。

「しかし、【銀狼】は他者と慣れ合わない剣士だと聞いている。よく今回の作戦に参加してくれたものだ。個人的に懇意にしているのかね」

「いえ、そういう訳ではありません。権力にかしずく人物でもありませんしね。たまたま任務内容が【銀狼】の興味を引くものだったようです」

「ふむ……」

フェンネル卿は顎髭を撫《な》でる。

「ところでもう一人は一体誰かね？　プラチナクラスの冒険者？　それとも王立治療院から派遣されたという特級治癒師のことかね？」

「そうですね……不可能を可能にする人物、とだけ」

「……」

微笑を浮かべるアルバートの横顔を、フェンネル卿はわずかな驚きをもって見つめた。

本心を滅多に表に出さない男が、まるで少年のように心から楽しんでいるような、そんな表情を浮かべている気がしたからだ。

＋＋＋

「うわあああっ！」

ザグラス地方。中央に休火山を抱く山脈の中腹で、叫び声が轟《とどろ》いた。

声の主《あるじ》は現役《げんえき》最年少の特級治癒師。

背中に冷たい刃先の感触を覚えたジョゼは、倒れたままゼノスを睨みつける。

「こ、殺す気っ？　やっぱり一連の謎《なぞ》の傷はおたくの仕業？」

しかし、漆黒の外套を羽織った男――ゼノスは、迷惑そうに首を横に振るだけだ。

「何言ってるんだ。俺じゃないよ」

「で、でも、今、現に僕を刺したじゃないかっ」

「ああ、これを取り出したんだよ」

「……え？」

よく見ると、ゼノスは小指の半分ほどのサイズの何かを摘まんでいる。

目の前にしゃがんでそれを差し出してきた。うねうねと動く寄生虫のような生き物で、青白い円形の口には小さな棘《とげ》のような歯がびっしりと並んでいた。

「これは……」

「吸血獣だよ」

「吸血、獣……」

「聞いたことはあるだろ？　生き物の血管に侵入して、中から血管と皮膚を食い破る小型魔獣だ」

確か山小屋に来る途中で、全身傷だらけで息絶えていた魔獣がいた。

あれはおそらく吸血獣の仕業だ。

「き、聞いたことはあるけど、吸血獣って魔獣が対象でしょ。人間の体内では生きられないって」

「普通はな」

「普通は、って……」

「これが冒険だよ。本に載ってることだけが全《すべ》てじゃない。外側を幾ら塞いでも、何度も怪我が再発するなら、原因が体内にあることも検討してしかるべきだ」

「そ……それは」

ジョゼは唇を引き結んだ。

「ぼ、僕だって少し余裕があれば、対応できたさ。でも、王都ではこんな症状の患者なんていないし、痛みのせいで思考がまとまらなくて――」

「言っただろ、これが冒険だって。王都で治療院の椅子に座っているだけじゃ、得られないものがあるだろ」

「……」

「さ、怪我は治したから、さっさと起きろ」

「……は？」

そういえば、あれほどひりひりしていた痛みが全て消えている。

腕も、足も、刃物を突き立てられたはずの背中にも全く傷はない。

治っている。

それも、ほんの一瞬で。

茫然《ぼうぜん》としていると、ゼノスは続いて倒れ伏している冒険者に左手を向けた。

「《診断《スキャン》》」

何かを唱えると同時に、白い閃光が冒険者の身体を通り過ぎる。

「こいつは肺までいってるな。治療を急がないと」

「ちょ、ちょっと待ってよっ」

「なんだ？　急いでるんだが」

「おっ、おたく戦闘員じゃないの？　なんで治療ができるんだよ。っていうか、今の何？」

「今のは身体の中を確認する魔法だ。俺は戦闘員でも冒険者でもないって何度も言ってるだろ」

「まじでおたく何者なんだよ」

「俺はしがない闇ヒーラーだよ」

「闇、ヒーラー……？」

「治療を急ぐぞ。俺が吸血獣を体内から取り出していくから、傷はお前が治せ。得意分野だろ」

「え？」

「ほら、これだけの怪我人を前にいつまで寝てる気だ。お前だって治癒師だろ」

ぎり、とジョゼは奥歯を噛《か》み締《し》めた。

両手を床について、勢いよく身体を起こす。

「【特級】治癒師だ」

＋＋＋

「こっちは取れたぞ。傷は任せた」

「わかってる、指図しないで」

ゼノスが《診断《スキャン》》で体内の吸血獣の位置を特定、《執刀《メス》》で皮膚を切り開いて対象を抽出。

切開でできた傷をジョゼが順に塞いでいく。

王都ですら滅多に見られない高度な治癒魔法が連発され、温かな白色光が周囲を乱舞する。

そうやって、結果誰一人死ぬことはなく治療は終了した。

ゼノスはこきこきと首を鳴らしながら嘆息する。

「助かったよ、ジョゼ。おかげで予想より早く終わった」

肩で息をしながら、ジョゼがどこか不満げに言う。

「……まじでおたく何者なんだよ。これだけの人数を治療して全然疲れてないし、下手したら特級クラス以上じゃないか。そんな治癒師がいるなんて聞いたことないけど」

「ま、色々あってあんまり目立ちたくないんだよ」

「ますますよくわかんないよ……」

「ただ、死人が出なかったのはよかったが、出血が多いな。しばらくは無理できないぞ」

山小屋の広間には十数人の冒険者たちが横になっている。今は顔色はそれほど悪くないし、血を造る骨髄にも回復魔法をかけて造血を急いでいるので命に別条はないだろうが、それでも半日くらいは安静にしておくほうがいいだろう。

「……たよ」

ジョゼは唇を尖《とが》らせて、斜め下を向きながら冒険者たちに言った。

「ん？」

「だ、だから、悪かったよ。その、治療に……手間取って……」

声が小さくて語尾はほとんど聞こえないが、意図は伝わったのだろう。

冒険者たちは互いに顔を見合わせて、にかっと笑った。

「気にすんな。あんま覚えてねえけど、結局助けてくれたんだろ。ありがとよ」

ジョゼはどこかほっとしたように息を吐く。

一部を除けば、冒険者は基本的には気のいい奴《やつ》らが多いのだ。

ゼノスは大部屋の端に置いたままだった自分のリュックを肩にかけた。

「って、どこ行くの？」

「ああ、個室棟にな」

山小屋は皆が雑魚寝する大広間から、細い廊下を抜けると個室が数室並ぶ場所がある。元々は鉱物採掘のための道具や食料を貯蔵する倉庫だったようだが、今は空き部屋になっており、ジョゼが使っていた診察室もそこにある。

後ろからついてきたジョゼが、うんざりした調子で言った。

「本当にひどい目にあった。吸血獣の突然変異なんて聞いたことないよ」

「突然変異……どうだろうな」

山中で魔獣と戦ってもいないのに出血している熟練冒険者を目にした。

少し気になって、嫌な顔をするアスカにロアを無理やり任せて山小屋まで戻ってきたのだが、その予感は当たっていた。

だとしたら、他にも確認しておくことがある。

「なに？　突然変異じゃないの？」

訝しげに尋ねてくるジョゼに、ゼノスは廊下を進みながら答えた。

「いや、ある意味突然変異なんだろうけどな」

「どういうこと？」

「普通、突然変異って、滅多に起こらないから突然変異っていう訳だろ」

「それが？」

「いや、こんな同時に沢山突然変異の吸血獣が現れるかな」

「……」

無言で頷くジョゼを、ゼノスは振り返る。

「そもそも吸血獣はどうやって冒険者たちの体内に入ったんだ？」

「それは……藪の中を歩いた時に、皮膚から侵入されたんじゃないの」

「これだけの数の冒険者が一斉に寄生された訳か？　チームでばらけて行動してたんだぞ」

「……」

ようやくジョゼはごくりと喉《のど》を鳴らして言った。

「そうか。まさか――」

「ああ、おそらく吸血獣は別のルートで冒険者の体内に入った」

「……食事」

「多分な。飯の中に吸血獣の卵が入っていた。卵は小さいし無味無臭だから、具入りのスープなんかに混ざっていたら気づきにくい。知らずに食べて、半日経《た》って身体の中で孵化をした。普通は人間の体内では生きられないはずだが、なんらかの特殊な処置を施し、それを可能にした」

そして、成長した吸血獣は体内の皮膚や血管を食い荒らし始める。

もう少し遅ければ内臓もずたずたにされていただろう。

「ちょっと待ってよ。それができた人って」

「……そうだな」

ゼノスは頷いて眼前の個室のドアを見つめる。

個室棟にはジョゼと、部屋を占拠している【髑髏犬《どくろいぬ》】のメンバーたち、そして、もう一人の冒険者がいる。

ミザリー・レン。

ブロンズランクの冒険者にして、魔獣の扱いに精通した魔獣使い。

皆の食事係を買って出たのも彼女だ。

ジョゼは額に手を当ててつぶやく。

「そういえば山に入った時に、傷だらけで息絶えていた魔獣がいたよね。あれが吸血獣にやられた傷だったってこと？」

「ああ、ワイルドボアのことだな。それで近くに吸血獣の巣があることに気づいたんだ」

あの時、ミザリーは一人集団から遅れていた。夕食の野兎を獲るためだと思っていたが、おそらく巣から卵を集めていたのだ。その後、卵に特別な処置を施すことで人の体内でも生きられるようにしたのかもしれない。

「……で、どうするのさ」

声をひそめるジョゼに、ゼノスはあっけらかんと答える。

「本人に聞いてみればいいんじゃないか」

「は？　そ、そんないきなり」

「うだうだ考えてても解決しないだろ」

「そ、そうだけど」

「ミザリー。ちょっといいか？」

ゼノスは部屋のドアをノックする。

が、中からは何の反応もない。

ミザリーは後方支援として、カイゼルが組織した探索チームには加わらなかったため、本来であれば山小屋にいるはずだ。

ジョゼと一度目を合わせて、ゆっくりとドアを押し開ける。
二、三度繰り返しても応答がないため、ノブに手をかけてみた。
「い、いないっ」

恐る恐る中を覗き込んだジョゼが声を上げた。

薄暗い室内は、がらんとしており、既にもぬけの殻になっている。

個人の荷物もないので、やはり彼女の仕業だったと考えていいだろう。

「ああ、もう、逃げられたっ」

「……」

地団駄を踏むジョゼの隣で、ゼノスは無言で腕を組んだ。

「……どうしたのさ」

「いや、結局何が目的だったのかと思ってな」

「そんなの報酬を独り占めするためでしょ。参加者の数が減ればそれだけ取り分が多くなるし」

「普通に考えればそうなんだろうが……」

ただ、昨晩カーミラと話した通り、今回の魔獣増加の元凶となったであろう魔獣にはいまだ到達していない状況だ。それなのに、仕掛けるのが早すぎる気もする。これでは任務達成の前に悪戯《いたずら》に戦力を削るだけだ。

それとも思ったほど山に魔獣が出ていないことを知って、元凶となる魔獣が不在もしくは休眠状態に入ったと考えたのだろうか。そして、関係者を一通り始末して、魔獣増加が落ち着いたのを自分の手柄だと報告することにした。

ただ、なんだかしっくりこない。本人に聞ければよかったが、既に逃亡済みだ。

「まあ、確かに……吸血獣で全員の息の根を止められるとは限らないし、しかもそれを確認する前に姿を消している。色々中途半端《ちゅうとはんぱ》だね」

話を聞いたジョゼも首をひねった。

ミザリーがかつて所属していたパーティは全滅したらしいと前に聞いたことを思い出す。

それも今となっては少し気になる話ではある。

「ところで、ゼノスさんだっけ。おたくはどうして無事だったのさ」

「俺はたまたまスープを食べなかったんだ」

後は狩りの最中は食事を口にしないアスカと、朝まで気絶していたロアも食べていない。

他に食べていないのは独自に動いている【髑髏犬《どくろいぬ》】のメンバーくらいだろうか。

「ああもうっ、まんまと逃げられて、無警戒だった自分を呪いたい気分だよ」

再び悔しげに足を踏み鳴らすジョゼを、ゼノスは横目で眺める。

「まあ、なんらかの反撃はくらうかもしれないけどな」

「え、どういうこと？」

「いや……」

ゼノスがスープを食べなかったのは、リュックの中にいる同行者が強く欲したからだ。

つまり、吸血獣入りのスープを頂いたのは半透明の同行者である。

そして、リュック内の腕輪から、彼女の気配は消えていた。

ゼノスは窓の外に鬱蒼と繁る緑を見つめて肩をすくめた。

「あいつ、結構執念深いからな」

＋＋＋

その頃。密集する木々の間を、草に足を取られながら駆け下りる影があった。

「はっ、男なんてちょろいものね。ちょっとか弱いふりをすればころっと騙《だま》される」

ブロンズランクの魔獣使いであり、吸血獣をスープに仕込んだ張本人。

ミザリー・レンその人である。

だが、控えめで地味な印象はなりを潜め、持ち上がった口角には、悪女の雰囲気が漂っていた。

「あれで少なくとも半分以上は片付けられるはずでしょ」

当初は水や食料に毒を混ぜることも考えていたが、全員が同時に口にするとは限らないため、急に苦しみ出す者がいれば怪しまれてしまう。

方法を考えている最中、吸血獣の巣を発見したため、予定を変更した。

かつて特殊なルートで仕入れた粉薬を水に溶き、吸血獣の卵をしばらくつければ、人の体内で一定期間生きられる状態になる。具材と一緒にスープに混ぜれば、半日ちょっとで孵化し、冒険者たちを体内から切り刻んでくれる。

今回の冒険には特級治癒師が一人同行しているが、冒険慣れしている感じではなかった。おそらくカラクリに気づくのには時間がかかるはずだ。

「報酬は弾んでもらうわよ」

ミザリーは一人ほくそ笑んで、眼前の枝葉を払いのけた。

「ちょっと待たんかぁっ！」

「はっ？」

後ろから声がして、ミザリーは反射的に足を止める。

――しまった。追っ手っ？

慌てて振り向くが、野生の草木が生い茂るだけで人の気配はない。

だが、妙だ。

夏だというのに辺りは異常に肌寒くなっている。

腕にはいつの間にかぷつぷつと鳥肌が立っていた。

「だ、誰っ」

藪に向かって声を荒げると、凍えるような冷たい声色で応答があった。

「貴様じゃなぁぁ。楽しみにしていた冒険飯に妙な卵を入れたのは。このわらわに変なものを食わせおってぇぇ」

むせかえるほどの緑一面の景色が、あっという間に真っ白な霜に包まれる。

木陰の中に、漆黒の衣をまとった半透明の女がぼんやりと現れた。

「このうらみ、はーらーさーでーおーくーべーきーかぁぁぁぁぁっ！」

「ひっ、ひぃぃぃぃっ！」

ミザリーはその場で腰を抜かした。

「レ、レイスっ！　な、なんでこんなところにっ……やばい、やばいっ！」

必死に逃げようとするが、足に力が入らない。

へたりこんだままずるずると後ずさりをするのが精いっぱいだ。

レイスがアンデッド系の最高位に位置する魔物で、遭遇した日が冒険者の命日になると言われているのは魔獣使いでなくともよく知られている。

特に言葉を操《あやつ》るレイスは、最も危険な存在だ。

普通、太陽の下には出られないはずだが、ここは山中。繁った枝葉が陽光を遮《さえぎ》っている。

「ひっ、た、助け――」

「しかし、妙じゃな」

「え……？」

四つん這《ば》いで逃げようとするも、レイスはふよふよと浮かんだまま近づいてこない。

すぐに生命を吸い取られると思ったが、何か考え事をしているようだ。

「な、何が、妙なの……？」

「報酬の独り占めが動機なら仕掛けが早すぎる。何か別の理由があるのか？」

「……」

ミザリーはごくりと喉を鳴らし、へたりこんだまま呼吸を整える。

なぜかわからないが、最恐の魔物はミザリーの行動に興味を持っている様子。

このまま会話を続ければ隙ができるかもしれない。

「あ、あの、それは――」

「種を明かすでないっ、馬鹿者っ！」

「は、はいっ、すいませんっ」

「勝手に答えを言うな、わらわが当てるのじゃ。大陸一の知恵者と呼ばれたわらわに解けぬ謎はないからの」

「た、大陸一の知恵者……ほ、本当？」

「嘘《うそ》じゃ」

「なんでこんな状況で嘘っ!?」

わからない。

こういうレイスには会ったことがないし、聞いたこともない。

読めなさすぎて別の意味で怖い。

腕を組んで、首を直角に傾けていたレイスは、やがて低い声で笑い始めた。

「くくく……わかったぞ」

そのまますするりと土の大地に舞い降りる。足裏が触れた地面が音もなく凍っていった。

レイスはミザリーを真っすぐ指さす。

「料理がまずい女よ。貴様の目的はこの任務の報酬ではないな」

「あの」

「口を挟むな、馬鹿者っ」

「す、すいませんっ」

「今回の冒険にはハーゼス王国の熟練冒険者たちがそれなりの人数参加している。貴様の狙《ねら》いはそやつらをなるべく沢山葬ることじゃ」

料理がまずいと言われたのは納得いかないが、ミザリーは黙って相手を見つめた。

「真の目的はハーゼス王国の戦力を削ること。腕利きの冒険者というのはその国の大事な資源でもあるからの。貴様……この国の人間ではないな？」

「はっ……」

ミザリーはゆっくりと膝をついた。

「……だったら、どうするの？」

「別に。わらわには関係ないことじゃ。当たっていることがわかればそれでよい」

「じゃあ、見逃してくれる？」

「ほう、わらわにまずい飯を食わせておいて、黙って帰る気か」

「さ、さっきからまずいまずい連呼しないでよっ。本当は料理上手だしっ。ちょっと吸血獣の卵を混ぜ込んだだけだしっ」

思わず反論するが、レイスは興味なさそうに自身の頬《ほお》を押さえる。

「しかし、それでも解せぬな。貴様のまずい飯を全員が食べた訳ではないし、しかも、卵を仕込んだ結果を確認する前に山小屋を離れておる。熟練冒険者たちの一斉暗殺という思い切った手段に出た割には、随分と細部が雑じゃ」

「絶対わざとまずいって言ってるでしょっ」

ミザリーは立ち上がってレイスを睨みつけた。

確かに【銀狼】や【髑髏犬《どくろいぬ》】など何名かは提供した食事を口にしない者たちもいた。

足の力が戻ってきたことを確認し、ミザリーは大きく息を吸って、少したどたどしく言葉を紡《つむ》いでいく。

「本当は、もう少し様子を見るつもりだったわよ。もっと信頼させて、全員にしっかり吸血獣の卵入りのスープを食べさせるつもりだった。でも……やばいのよ」

「……やばい？」

「この山に足を踏み入れた途端、全身が震えたわ。魔獣使いの私にはわかる。一刻も早くここを離れないとまずいって。まさかレイスに遭遇するとは思わなかったけど、多分あんただけじゃない。ここには他にもやばい奴がいる。早く……早く、ここを、出ないと……早く……」

「……」

ミザリーの声のトーンは終始一定を保っており、リズムはゆったりしてまるで子守歌のようだ。

レイスの瞳《ひとみ》が次第にとろんとし始め、瞼《まぶた》がゆっくりと落ちてくる。

相手は俯《うつむ》き、手足をだらんと下げた状態で、力なく佇んでいた。

絶対零度の世界に暑気と虫の鳴き声が混じり始め、今が夏であることをようやく思い出す。

「うふふ……」

ミザリーは忍び笑いを漏《も》らした。

「やった！　これでレイスは私のもの」

言葉を操るレイスは、過去にもほとんど目撃例がなく、言ってみれば厄災級の魔物だ。

どう抗っても勝てる相手ではないが、知能が高いがゆえに、稀に魔獣使いの術が成功することがあると聞く。会話に見せかけて、使役魔法を仕込んでいたのだ。

「さあ、顔を上げなさい」

ミザリーの言葉で、レイスはゆっくりと顎を持ち上げた。

「私はミザリー。あなたのご主人様よ」

「ご主、人……」

レイスは抑揚のない声で口を開く。

「いい？　私の言葉は絶対。命令はなんでも聞くこと」

「……御意」

頷く魔物を満足げに眺めたミザリーは、ゆったりした口調で命令する。

「では、生き残った冒険者たちを皆殺しにしなさい」

「皆、殺し……」

「あ、ちょっと待った。その前に——」

辺りを見回したミザリーは、少し声を落とした。

「ミザリー様の料理は最高に美味《おい》しいです、と言いなさい」

レイスはゆっくり首肯して、おもむろに口を開く。

「ミザリー様の料理は、最高にまずいです」

「あっはっはっは！　そうでしょう、私の料理——はっ？」

ぎょっとして目を剝《む》くと、眼前のレイスがにっこり微笑んでいた。

「う、嘘っ。私の術は完璧《かんぺき》だったはず」

慌てて逃げようと踵《きびす》を返した瞬間、すぐ目と鼻の前に半透明の美しい顔が現れる。

「んな訳あるかああっ！」

「ひいっ」

「貴様ごとき三下が、死霊王のわらわを従えようなど三百万年早いんじゃぁぁっ！」

「ぎゃああああああああああああああああああああっ！」

ミザリーは泡を吹いて、雑草の中に仰向けに倒れ込んだ。

白目を剥いた姿を、カーミラはじろりと見下ろす。

「ふん……戯れにちょっと操られたふりをしてやったら調子に乗りおって。リリの飯のほうが百倍美味《うま》いわ」

そして、気絶したミザリーに両手をかざし、むにゃむにゃと何かを唱える。

「生者の営みに関《かか》わるのは主義ではないが、わらわに妙なものを食わせた罰じゃ。今後悪事を働こうとしたら、今日のトラウマを思い出し、全身が金縛りになるまじないをかけておいたぞ」

ふわりと浮かび上がったカーミラは、山頂の方角を仰《あお》ぎ見た。

「やばい奴がいる、か……」

確かに、重苦しい圧のようなものが山全体に漂っているのを霊体の身に感じる。

カーミラはふんと鼻を鳴らし、黒衣の袖《そで》を口元に持ってきた。

「じゃが、こっちにもやばい男とやばい女がおるからの。くくく、どうなるか楽しみじゃ」

そこでふと手を止める。

見上げた先のほうから、雄たけびと悲鳴のようなものが風に乗って届いてきた。

「ほう……いよいよ動き出したようじゃな」

第六章　襲撃と追跡

「オオオオオオッ！」

「うおおおっ」

「ガアアアアアッ！」

「だあああっ」

中腹にある山小屋の周囲は、獣の荒々しい咆哮《ほうこう》と冒険者たちの叫び声で満ちていた。

吸血獣の治療が終わって、山小屋で怪我《けが》人たちの様子を見ていたら、突然魔獣の群れが襲来してきたのだ。慌てて武器を取り、応戦している最中である。

「次から次に、もう最悪っ。ちょっとは休ませてよ」

頭を抱えるジョゼに、ゼノスは言った。

「これが冒険だよ。魔獣は俺たちの都合なんて知ったこっちゃないからな」

「だから本物の冒険なんて嫌なんだっ」

二人は山小屋の屋根の上にいた。中に梯子《はしご》があり屋根まで出られる構造になっていたのだ。

見つめる先にいるのは鋼のように逆立った硬質な毛皮。血のような深紅の瞳《ひとみ》。

筋肉が凝縮された腕を風車のごとく振り回して、破壊の限りを尽くしている。

敵は討伐ランクB＋。アイコンコングだ。

ロアが山中で足跡を見つけていたが、いよいよ白日の下に姿を現してきた。

「くそ、アイアンコングが群れるなんて聞いたことがねえぞ」

剣を取った冒険者が、歯噛みしながら叫ぶ。

アイコンコングは単独行動で知られているが、確認できるだけでも五匹の鋼鉄の大猿が暴《あば》れまわっていた。

ゼノスは戦況を眺めながら言った。

「確かに妙だな。これが魔獣増加の影響なのか……」

「そんなに悠長につぶやいてる暇ないよ。ここには剣聖もカイゼルもいないんだしっ」

ジョゼは焦《あせ》った声で口を開く。

確かにアスカとロアはまだ山中の探索から戻ってきていない。

プラチナクラスの冒険者カイゼルも同じくだ。

というか、アスカとロアは吸血獣入りのスープを飲まなかったが、カイゼルは確か勢いよく食べていた。果たして大丈夫だろうか。

戦場と化した平地のあちこちに目を配りながらゼノスは言った。

「もしかして、アイアンコングは敢《あ》えて強者が少ない状況を狙《ねら》って襲ってきたのか？」

「だ・か・らっ。考察してる暇なんてないよっ」

「まあ、今の戦力でも五匹くらいならなんとかなるだろ」

「なんでそんなに余裕なのさ。討伐ランクB＋ってかなりの危険ランクだし、ここには怪我《けが》明けの冒険者しかいないんだよ。すぐにみんな倒されて僕らのところに――」

慌てた様子で言うジョゼは、しかし、瞼《まぶた》をぱちくりと瞬かせた。

「あれ……むしろ押してる？　いつの間にか一匹倒されてるし」

襲ってきた五匹のアイアンコングの内一匹は既に倒れ伏しており、残りの四匹も冒険者たちの防戦に手を焼いているようで、既に手負い状態だ。

「おいおい、どうしたんだ、俺たちっ。身体がいつも以上に軽いっ」

「なんでかわかんねえけど、戦えてるぞっ」

「ああ、さっきまで動けねえくらいだるかったってのに」

「はっ、剣を持ちゃあ、戦士の血がたぎるってこった！」

さっきまで死に体だった冒険者たちも意気揚々とそれぞれの武器を掲げている。

ジョゼがじろりと横目で睨《にら》んできた。

「おたく……何かした？」

「まあ、ちょっとな」

一人で五匹同時に相手はできないため、見通しのいい場所に移動して、能力強化魔法と防護魔法で冒険者たちのサポートにまわることにした。

それを言うと、ジョゼは目を丸くする。

「は？　極められる魔法は一種類だけというのが常識だけど？」

「別に極めてないよ。ただ、治癒《ちゆ》も防護も能力強化も身体の機能を強めることに関しては一緒だろ」

「全然違うよっ、もう、なんなのこの人っ……」

ジョゼは再び頭を抱えている。

とはいえ、冒険者はほぼ全員が病み上がりなので、あまり無理はさせられない。

そろそろ参戦しようと体勢を整えると、山小屋から新たに冒険者が飛び出してきた。

その数は四人。

「あ、【髑髏犬《どくろいぬ》】」

ジョゼの言う通り、彼らはシルバーランクのパーティ【髑髏犬《どくろいぬ》】の面々だった。

刃が湾曲した独特の刀で、それぞれがアイアンコングに飛び掛かる。

既に瀕死状態にあったアイアンコングの首筋から赤黒い血が噴き出し、低い呻《うめ》き声とともに大地に横たわった。

戦闘終了。

喧噪《けんそう》が静寂に変わると、冒険者たちは途端にへなへなとその場に崩れ落ちる。

「え、あれ」

「なんだ、急に力が……」

「う、動けねえ」

ゼノスが補助魔法を解いたことで、本来の状態へと戻ったのだ。

【髑髏犬《どくろいぬ》】リーダーのビーゴがへたりこむ冒険者たちを見下ろして言った。

「おい、お前ら。アイアンコング四匹を仕留めたのは俺らだ。手柄は俺らのもんだからな、よく覚えとけよ」

「何言ってんの。おたくら最後にちょろっと現れて、弱った魔獣にとどめを刺しただけでしょ」

屋根からおっかなびっくり降りたジョゼが唇を尖《とが》らせる。

ビーゴは冷めた目線で応じた。

「俺らが最後に倒した。何か間違っているか？」

「そ、そうだけど……」

「間違ってねえだろ？　俺らの手柄だ」

「ていうか、今までどこにいたのさ」

「部屋でのんびり英気を養っていたぜ」

「はあ？　外の騒ぎが聞こえなかった訳？　っていうか、吸血獣騒ぎで大変だった時も部屋でだらだらしてたってこと？」

「だからなんだ？　俺らには関係ねえ」

ビーゴはジョゼのそばにやってきて、ぐいと顔を近づけた。

「おい、ガキ。俺らがどうやって短期間でシルバーランクに上り詰めたか教えてやる。他の奴《やつ》らに働かせて最後に一番いいところをかっさらうんだよ。これが【髑髏犬《どくろいぬ》】の本来の姿だ」

悪びれることもなく、自らの流儀を横取りだと宣言するビーゴ。

そういえば【髑髏犬《どくろいぬ》】は元々盗賊まがいのことをやっていた連中だと聞いた。

座り込んでいる冒険者たちからも不満の声が上がるが、ビーゴは興味なさそうに彼らに背を向ける。

「さて、本番はここからだぜ」

腰に下げたナイフを取り出したビーゴは、襲来したアイアンコングのうち最初に倒れた一匹に向けてそれを投げつけた。

「オアアアッ！」

剛毛に覆《おお》われていない腹に刃が当たると、息絶えたアイアンコングが突如跳ね起きる。

「え？」

「しまった。まだ生きてたのか」

冒険者たちがなんとか立ち上がろうとしている中、ビーゴは得意げに口の端を上げた。

「くくく、やっぱりな。アイアンコングは死んだふりが得意だって忘れてねえか？　俺らみたいにしっかり仕留めねえと」

言われてみれば、一匹目がどういう風に倒れたか、しっかり目撃していた者はいない。

横取りが流儀というだけあって、ビーゴの観察眼はそれなりに確かなようだ。

ジョゼが反射的に冒険者たちの元へと駆け出そうとする。

「と、とどめを刺さなきゃ。誰《だれ》かっ」

「待て、ガキ」

「わっ」

ジョゼの頭をビーゴは片手で掴《つか》んで引き倒す。

「な、何するんだっ」

「余計なことすんな。黙って見とけ」

腹から血を流したアイアンコングは、怒りに燃えた瞳でこちらを睨んでいる。

やがて、「オオオオオオッ！」と遠吠えのように咆哮し、踵《きびす》を返して山中に駆け戻っていった。

「に、逃げた……？」

「はっ、追うぞ。お前ら！」

ビーゴの掛け声で、【髑髏犬《どくろいぬ》】のメンバーたちは逃亡したアイアンコングを一斉に追いかける。

後にはジョゼとゼノスと疲労困憊《ひろうこんぱい》の冒険者たち、そして、確実に息絶えている四匹のアイアンコングが残った。

ジョゼが怪訝な表情で首をひねる。

「四匹は倒した癖《くせ》に、最後の一匹は見逃すってどういうこと？　しかも、逃げたら追ってるし。それならさっさと倒せばよかったのに」

「多分、わざと逃がしたんじゃないか」

ゼノスが答えると、ジョゼは更に眉間に皺《しわ》を寄せた。

「ますますわかんない。なんで逃がすの？」

「これまで大した魔獣が現れていなかったのに、普段は単独行動のアイアンコングが突然群れで襲ってきた。やっぱりこの山では何かが起こってる。アイアンコングの群れはその何かに関係している可能性がある」

「要は逃げた先に今回の元凶がいるかも……だから、わざと逃がして後を追ってるってこと？」

「多分な」

「な、なんだよそれっ。結局【髑髏犬《どくろいぬ》】が美味《おい》しいところ取りをしようってことじゃない」

「納得いかないか？」

「だって、身を挺《てい》して戦ったのはここの皆なのに」

「殊勝なことを言うようになったな」

「わ、悪かったね。一回死にかけたら、冒険者の大変さが少しは身に染みたんだ」

ジョゼは膨れっ面を見せる。ゼノスは微笑を浮かべた後、口元を引き締めた。

「ただ、ちょっとまずいかもな」

「まずい……？」

ジョゼが首をひねると同時に、山側の木々の間から大柄な影がぬっと姿を現した。

「ぬうっ、遅かったか」

丸太のような腕。分厚い胸板。還暦の冒険者カイゼルだ。

わずかな間があって、山中にいたロアとアスカも繁みを掻《か》き分《わ》けてやってきた。

「あ、先生っ！」

「……もう終わってる？」

三人とも山小屋の方角が騒がしかったので、戻ってきたのだそうだ。

これまでの経緯を説明すると、カイゼルは顎鬚《ひげ》を撫《な》で、アスカは瞳を細めた。

「ふむ、気になるな」

「……うん」

一方、ジョゼとロアは何がなんだかわからない様子だ。

「だからさ、何がまずい訳？」

「そうだそうだっ。あたしもわかるように言ってよ」

いつの間にか二人が結託している。

ゼノスはカイゼル、アスカと目を合わせ、ジョゼとロアに向き直った。

「ええと、今回のアイアンコングの襲撃はなんだか妙なんだよ」

「……妙？」

「これまで大した魔獣が現れていなかったのに、こっちが弱ったと見るや、いきなり群れで襲ってきただろ。しかもアスカやカイゼルがいないタイミングでだ」

「偶然……じゃないってこと？」

「まだわからない。だが、そのうち一匹が死んだふりをした後、今度はあっさり逃げ出した」

ゼノスは言いながら、手負いのアイアンコングと【髑髏犬《どくろいぬ》】のメンバーが向かった方角に目を向けた。ジョゼとロアが釣られるように同じ方向を見る。

「それは、単に勝てないと思ったからじゃないの？」

「そうかもな。ただ、そもそも今回は魔獣増加の元凶を探しにザグラス地方まで来たのに、魔獣自体が少ないし、山の北西側のルートにしか現れないのも妙だ」

「だから、それが――」

「そして、あいつらが向かったのも北西側だ」

「……っ」

今度はジョゼとロアが顔を見合わせる。

恐る恐る、といった様子でジョゼが口を開いた。

「まさか、誘導されてる……？」

微妙な沈黙の後、アスカがその場で踵を返して北西側に足を進める。

「行ってみればわかる。もしかしたら元凶がいるかも……それじゃあ」

「ちょっと待って、師匠。あたしも連れて行って」

ロアが慌てて後を追おうとするが、アスカは冷たい顔で振り返った。

「ここからはもう練習じゃない。足手まといは邪魔」

「あたしは最初から本気だよ、師匠」

「師匠じゃない」

押し問答を繰り返す二人に、ジョゼが声をかける。

「でもさ、そもそもどうやって後を追う気？　もうとっくに姿は見えないけど」

「……」

何とも言えない表情を浮かべるアスカ。

得意げに鼻をこすったのは自称弟子のロアだ。

「やっぱあたしの出番だ。あたしは鼻が利《き》くから、怪我を負ったアイアンコングの匂《にお》いをたどっていける。やっぱ必要だろ？」

「……」

アスカのじとりとした視線がゼノスを向く。

「いや、【銀狼】。なんで俺を見るんだ？」

「保護者……」

「……わかったよ。行くよ……」

アスカがロアの面倒を見る気があまりない以上、その役割は自分以外にいない。

いつものごとくロアがぴょんと抱き着いてきた。

「先生、いつもありがとっ」

「労力は全部ツケにしておくからな。出世したらまじで倍にして払えよ」

恨めしげに言うそばで、カイゼルがぐるぐると腕を回している。

「……何やってんだ、じいさん」

「急な襲撃ということは、魔獣側も焦《じ》れてきておるのよ。おそらく最終決戦は近いぞ。【銀狼】とゼノス殿が向かうというのに、わしが行かぬ訳にはいかんだろう」

「いや、あんたまで来なくても……というか、吸血獣は大丈夫だったのか？」

「吸血獣？　ああ、もぞもぞ身体中を這《は》い回っていた害虫か。邪魔くさかったんで、傷口に指を突っ込んで無理やり掻き出したわい、がっはっは」

「がっはっは……って、かなり出血しただろ」

「多少はな。じゃが、筋肉を締めて出血口を塞《ふさ》いだから心配いらぬわ」

「プラチナクラスってこんな化け物ばっかなの？」

「がっはっは、貴殿はその化け物に勝ったのだぞ」

大笑いするカイゼルに、ジョゼが慌てて声をかける。

「ちょっと待ってよ。おたくまでここを離れたら、また魔獣に襲われた時はどうしたらいいのさ」

しかし、疲労困憊の冒険者たちは強がりながらゆっくり立ち上がった。

「俺らのことは気にすんな。怪我はもう治してもらってるし、ちょっとだるいだけだ」

「ああ、情けをかけられるほど落ちぶれちゃいねえよ。襲われたら追い返すだけだ」

「むしろ下手にここに戦力を残して、任務を達成できねえほうが問題だぜ。俺ら全員の名誉に関《かか》わる。元気な奴は全員行ってこいよ」

「……」

ゼノスは無言で頷《うなず》いて、ジョゼに尋ねた。

「お前はどうする？」

山に入ると一気に見通しが悪くなる。

混戦になった場合に、治癒師がもう一人いてくれたら助かるは助かる。

「行きたく、ない」

「無理強いするつもりはないから、それならここで――」

言いかけたら、「でも――」と口を挟まれた。

「僕は特級治癒師だ。闇《やみ》ヒーラーなんかに借りを作ったままにできる訳ないじゃないか」

「……そうか」

ゼノスが口元を緩めると、ロアが右手を勢いよく空に突き上げた。

「よーし、最強メンバーが揃《そろ》ったね。と言う訳で、いざ出発！」

「なんでそんなに元気なんだ、ロア？」

「がはは、腕がなるわい」

「あぁ、気が重いなぁ」

「なんでこんなに沢山……とにかく邪魔はしないで」

クミル族の少女と、闇ヒーラー。

プラチナクラスの槍《やり》使いに、現役《げんえき》最年少の特級治癒師。

そしてブラッククラスの剣聖。

それぞれが感想を口にしながら、異色の即席のパーティの初陣が始まろうとしていた。

＋
＋
＋

「おい、こっちだ」

その頃、【髑髏犬《どくろいぬ》】のメンバーは、山中に逃げ込んだアイアンコングを必死に追いかけていた。

がさがさと荒れた草木を掻き分ける音が前方からしている。

怪我をしていることもあって、幸い獲物の逃げ足はそれほど速くないようだ。

その上、道の途中に流血の跡が点々と残っているので、見失うことはないだろう。

「くくく、所詮は獣だ」

ビーゴはにやりと笑った。

「手柄は俺らのもんだ。誰にも渡さねえ」

七大貴族ベイクラッド卿《きょう》の主導する依頼。ここで成果を上げれば、今回の報酬だけに留まらず、上級貴族に名を売ることができるのだ。その恩恵は計り知れない。

だから、ザグラス地方に入った後は、余計な労力を使わず攻略の糸口が見えるまで体力を温存しておくことにした。

「おい、ビーゴ」

「ああ」

【髑髏犬《どくろいぬ》】の一行は足を止めた。

乱立する木々の奥に苔むした岩肌が覗《のぞ》いており、そこにぽっかりと穴が開いている。

アイアンコングの血はその洞窟の中に続いているようだ。

ビーゴは曲刀《きょくとう》の刃をべろりと舐《な》めて、口の端を上げた。

「待ってろよ。報酬も名声も俺らのもんだ。ついでに剣聖もな」

＋＋＋

「こっちだよ、早く」

先頭を行くロアが後ろを振り向いて言った。

さすが狩猟民族だけあって、野生の獣のような速度で山中を駆けている。

わずかに遅れてアスカ。

少しむくれているのは、いまだに大勢で向かうことに納得していないからだろう。

続いてゼノスとカイゼル、そして、一人大きく遅れているのがジョゼだ。

「ちょ、ちょっと待って」

かなり後方の藪《やぶ》の奥から、ジョゼの弱々しい声が聞こえる。

「遅いよ、ジョゼっ」

立ち止まったロアはいつの間にか気安く名前で呼んでいる。

「……邪魔」

アスカはさらっとひどいことを口にした。

「おい、大丈夫か。一回止まろう」

ゼノスが声をかけて、一行はその場で留まる。

しばらくして、ようやく繁みからげっそりしたジョゼが姿を現した。

「はあはあ……普通の、人間は……山道を全力疾走し続け、られないんだ……揃いも揃って、化け物ばかり……おたくら、本当に人間？」

「だから、能力強化してやるって言っただろ」

「闇ヒーラーなんかに……これ以上……貸しを作らないって……言っただろ」

前かがみになりながらも、ジョゼはなんとか顔を上げた。

「それに……これから決戦の、可能性が……あるんだ。魔力は、少しでも……温存しておくべきでしょ」

「へえ、ますます冒険者らしくなったじゃないか」

「うる……さいな」

そんなジョゼに、ごつごつした右手をずいと差し出したのはカイゼルだ。

「わしが背負っていこう」

「話、聞いてた？　力は……少しでも温存したほうが、ぁぁああっ？」

話し途中のジョゼの腕を掴み上げ、カイゼルは無理やり自身の背中に乗せた。

「ちょ、ちょっと」

「がっはっは、気にするな。お嬢ちゃんは紙のように軽いわ。消耗のうちに入らぬ」

途端にジョゼの顔が真っ赤《まっか》になる。

「お、お嬢……ぼ、僕は男だあっ！」

「がっはっは、そんなめんこい男がいようか」

「話を聞けぇっ」

「無駄だぞ、ジョゼ。そのじいさん急に耳が遠くなるから」

ゼノスは肩をすくめて苦笑する。

なんにせよジョゼは少し元気になったようでよかった。

その後、ロアに先導された一行は、木々を掻き分け、道なき道を進み、やがてぽっかりと大口を開けた岩肌にたどり着く。

「洞窟……？」

カイゼルに半ば諦《あきら》めた様子で背負われたジョゼが言うと、ロアは大きく頷いた。

「匂いはこの奥に続いてる」

それを裏付けるように、アイアンコングのものと思われる赤黒い血が、まるで足跡のように、岩肌へと吸い込まれている。

ロアは身をかがめて、血糊に鼻先を近づけた。

「まだ新しい。ついさっきだ」

一同は互いに視線を交錯させると、同時に足を踏み出す。

暗がりに入ると、途端にひんやりした冷気に包まれた。無骨な岩肌に、不揃いの瓦礫《がれき》が転がっており、足場は少し不安定だ。

「あれ……この洞窟……」

辺りを見渡したロアが、ふいに考え込むような仕草を見せた直後――

「うぐっ！」

中から呻き声が響いた。暗闇《くらやみ》の奥から聞こえたそれは、壁に、地面に、天井《てんじょう》に幾重にも反響し、鼓膜に不気味な余韻を残す。

「この声って――わっ」

ジョゼがつぶやこうとした時には、もう一行は走り出していた。

夜目も利くのか、暗がりの中をロアが先頭で疾走する。

あとの者たちは、ロアの足音をたよりに、そのすぐ後ろにぴたりとついていった。

洞窟の中は急な下り坂が続いている。

「《治癒《ヒール》》」

ゼノスは右手を斜め上に向けて、詠唱を口にした。

「え、なんでいきなり治癒魔法……？」

カイゼルに背負われたジョゼが首をひねるが、放たれた治癒魔法は洞窟の天井に当たり、淡い白色光を辺りに散らした。

「ほら、ちょっと視界がひらけるだろ」

「そんな使い方聞いたことないよっ」

「あ、あそこっ」

ロアが指さした先に、倒れ伏している男たちがいた。

トサカのように逆立った紫色の髪。ビーゴを始めとする【髑髏犬《どくろいぬ》】のメンバーだ。

「おい、どうした」

ゼノスがビーゴのそばに膝《ひざ》をつき、ジョゼがカイゼルの背中から飛び降りる。

「息は？」

「ある。脈もある。意識は曖昧《あいまい》だ」

ビーゴは苦しそうに呻くだけで、呼びかけに反応しない。

「ジョゼ、外傷を診てくれ」

「わかってるよ」

ジョゼがビーゴの全身をざっと触れていく。

「怪我はなさそう」

「《診断《スキャン》》で見たが、身体の中も異常はなさそうだ」

「……ということは」

「ああ、まずいな」

ゼノスとジョゼは同時に立ち上がる。

「どうした？　何がまずいのだ」

カイゼルが眉《まゆ》をひそめた瞬間、ロアが「あっ！」と大声を上げた。

「なんだかこの洞窟知ってる気がしたんだ。子供の頃に入って怒られたことがある」

そして、慌てた様子で話を続ける。

「この洞窟、下り坂になってるだろ。底のほうに匂いのない毒ガスが溜《た》まってるって」

「……っ」

そういえばロアが生まれた集落はザグラス地方じゃないかと言っていた。

外傷も内部障害もないなら、毒の類いだと思ったが、予想は当たっていたようだ。

幸いまだこっちの身体は動く。急いで来たので、まだあまり毒を浴びていないのだろう。

反対に【髑髏犬《どくろいぬ》】のメンバーはおそらく逃げたアイアンコングを慎重に追っていたため、気づいた時には毒が全身にまわっていた。

「アイアンコングが敢えてここに誘導したってこと？　そんなに知恵がまわるの？」

驚くジョゼ。カイゼルが拳《こぶし》を閉じたり開いたりしながら、後ろを振り返った。

「どうする、戻るか？」

ロアが勢いよく首を横に振る。

「ううん、帰りは上り坂だから、時間がかかるんだ。むしろ先に進んだ方が、近い場所に出口があるって昔聞いた。そっちに行ったほうが早いはず」

特殊な苔が発酵して出るガスで、それほど強力なものではないらしく、長時間浴び続けなければ大丈夫らしい。

「ロアがザグラス地方出身で助かったよ。緊急事態だから魔力の温存はやめるぞ。《筋力強化》」

ゼノスの詠唱とともに、メンバーの身体が淡い青色の光に包まれる。

「うわ、なにこれ、すごい」

「なんでこんな色んな魔法使えるんだよ、おたく」

「……」

ロアとジョゼ、アスカは自身の身体を取り巻く光を眺め、

「ふはは、力がわいてくるぞ」

カイゼルが【髑髏犬《どくろいぬ》】の四人を二人ずつ両肩にかついた。

「行くぞ」

足腰が強化された一行は、風のような速度で洞窟を先へと進んだ。

下り坂がしばらく続いた後、道は平坦になり、速度を落とさないままそれを越える。

「出口だ」

ロアが指さす先に、外界へと繋《つな》がる明るい連絡口が見える。

洞窟から飛び出した一行は、一旦《いったん》そこで足を止めた。

「気分の悪い奴はいないか？」

「大丈夫。少しだるいくらいかな」

確認すると、ロアがその場で軽くジャンプをして答える。

他の皆も同意するように首を縦に振った。幸い毒の影響はあまりないようだ。

【髑髏犬《どくろいぬ》】の四人を洞窟脇《わき》に放り投げたカイゼルが、手を腰に当てて大声で笑う。

「がっはっは、ゼノス殿に助けられたわ。どうだ、わしの孫娘を嫁にもらわんか？」

「距離の詰め方が急すぎるぞ、じいさん」

そこは雑草がまばらに生えた広場のような場所だった。

周囲を見上げるような岩壁にぐるりと囲まれており、窪地《くぼち》の底と言ったほうが正確か。

「あのさ、洞窟を抜けたのはいいけど、ここからどうやって出るのさ？」

疲れた様子で言うジョゼに、ロアが当たり前のように答える。

「岩壁を登ればいいじゃん」

「か、簡単に言わないでよ」

「簡単だよ、ほら。ジョゼもおいでよ」

ロアは岩肌の凹凸に指をかけると、猿のようにするすると登っていった。

「全然簡単じゃないよっ」

突っ込むジョゼの後ろで、アスカはさっきから無言を貫いている。

「……」

「どうした、アスカ？」

「……少し妙」

「だよな……」

一つは、アイアンコングが追跡者たちを毒の洞窟に誘導したこと。

知恵のまわる魔獣とは言われているが、さすがにそんな話は聞いたことがない。

単なる偶然だったのか、それとも――

そして、もう一つは今回のザグラス地方の魔獣増加の元凶がいまだにわからないことだ。

アイアンコングの逃げた先に、それと関係する何かがあると思っていたが――

ぼんやり考えながら、屹立《きつりつ》する岩壁を見上げると、崖の上から大柄な影がぬっと姿を現した。

一抱えもある岩を、片手で持ち上げているのはアイアンコングだ。

「ロアっ！」

アイアンコングはロアを目掛け、大きく振りかぶって岩を投げつけた。

咄嗟《とっさ》に壁を蹴《け》ったロアは、岩の直撃をかわし、空中で二回転して窪地に降り立つ。

「もうっ、あと少しだったのにっ！」

「俺たちを待ち受けていたのか……？」

むくれるロアの隣で、ゼノスは口元に手を当てた。

やはり妙だ。討伐ランクＢ＋の魔獣にできる真似とは思えない。

「ねえ、ちょっとっ！」

ジョゼが焦った声で上空を指さしている。崖上に大柄な影が次々と姿を現し始めていた。

三匹。五匹。十匹。二十匹。

その数はいつの間にか、優に百を超えていた。

「こんな大群は初めて見たぞ……」

歴戦の強者であるカイゼルも、目を丸くしている。

アスカの右手がゆっくりと腰の剣の柄に伸びていった。

「そ、それに、なんか、揺れてない……？」

ジョゼの言う通り、足裏にかすかな振動を感じる。地響きのような音が次第に近づいてきて、岩壁の破片がぱらぱらと落ちてくる。

やがて、崖上にずらりと並んだアイアンコングが申し合わせたように左右に分かれた。

その中心に顔を出したのは、大柄なアイアンコングを更に二回り大きくした真っ黒な巨大猿だ。燃えるような真っ赤な瞳に、棘《とげ》まみれの蔦《つた》をまるでロープのように巨体に巻いている。

カイゼルが槍を握りしめて言った。

「……【森の悪魔】。カイザーコングか」

報告例が非常に少ない高位魔獣だ。

討伐ランクはＡ＋。

崖上と崖下。これだけの距離があってなお押し潰《つぶ》されるような圧を感じる。

「あれが、今回の元凶、ってこと？　ははっ、やっぱ来るんじゃなかった……」

ジョゼが震える声でつぶやいた。

ザグラス地方の魔獣被害増加の依頼。

いざ来てみるとやけに魔獣が少なく、北西部だけに限定されていた。数日観察した後、強者が不在のタイミングで山小屋に群れで襲い掛かり、それが失敗すると毒ガスの漂う洞窟に誘導、先へ抜けるとアイアンコングの大群が待ち受けている。

その全《すべ》てを指揮していたのは、この森の覇王だったという訳か。

「漆黒の、毛並み」

カイザーコングを睨みつけるロアの髪の毛が逆立っていた。

握りしめているのは、故郷の集落を滅ぼした魔獣の黒い獣毛が入っている布袋だ。

「来るぞっ！」

ゼノスの言葉とほぼ同時に、アイアンコングたちが一斉に岩を投げ落とし始めた。

「《執刀《メス》》」

「うぬああっ！」

「面倒……」

ゼノスが魔力で生み出した刃物を巨大化させ、
カイゼルが両手で大槍を振り回し、
アスカの神速の剣が、雨のように降《ふ》り注《そそ》ぐ岩を切り刻む。

「わ、わ、わっ」

破片がばらばらと降る中、ジョゼは頭を抱えて、座り込んでいる。

「ぬうっ、岩壁を登って敵陣に攻め入りたいところだが厄介だっ」

カイゼルが舌打ちをしながら叫んだ。

これだけの岩が矢継ぎ早に降ってくると、なかなかそんな隙はない。

かといって洞窟に戻れば、滞留した毒ガスが待っているだけ。

敵はここで冒険者グループの主力を仕留める気なのだ。

「だから、足手まといはいらないって」

アスカが静かな怒りとともに言った。

能力強化魔法で動体視力を強化すると、彼女の斬撃が最も多くの岩を退けている。

「アスカっ」

ゼノスは【銀狼】の背後から声をかける。

「俺たちを気にしなくていいぞ。お前の言う通り、冒険は自己責任だ」

「……」

切れ長の瞳が、一瞬こっちを向いた。

「お前は剣士だ。自分の役割を全うしろ。皆の安全を考えるのは俺の仕事だ」

ゼノスはアスカの前に飛び出し、飛んでくる岩を《執刀《メス》》で両断した。

「俺は治癒師だからな」

「いや、そんな大岩を破壊する治癒師いないでしょ」

座り込んだジョゼが呆《あき》れ顔でつぶやく。

ゼノスはアスカの肩に手をかけた。

「俺たちは仲間……とは言わんが、たまには同行者を信じろ」

「ぬう、でかいのが来るぞっ」

カイゼルが呻いた。崖上のカイザーコングが小山ほどの大岩を持ち上げている。

陽射《ひざ》しをも遮《さえぎ》る大岩が投げ入れられ、崖の底は薄闇《うすやみ》に包まれた。

岩は視界を埋め尽くすほどに巨大で、それが重力に引かれて次第に近づいてくる。

「あ、終わった……」

「んあ、な、なんだ、こりゃあっ」

ジョゼが諦めたように言葉を漏《も》らし、やっと目を覚ましたらしいビーゴが叫ぶ。

毒ガスを浴びるのを覚悟で洞窟に戻って身を隠す手もあるが、繰り返された投石で既にその入り口には岩が何層にも積み重なっている。

おそらくそれもカイザーコングの指示だろう。

ゴオオオオオオオオオオッ！

巨大な岩石の衝突が大地を揺るがし、冒険者たちのいる穴底を完全に塞いだ。

天災のごとき衝撃に、木々から鳥たちが一斉に羽ばたいていく。

そうして、振動がおさまる頃には、辺りは完全な静寂に包まれた。


「……」

カイザーコングは崖下をじっと見つめると、骨ばった指先を下に向ける。

配下のアイアンコングたちが慌ただしく動き始め、岩壁の途中まで太い蔦を垂らした。

それをロープのように伝って、一匹、また一匹と、魔猿《まえん》たちが穴底に降り立っていく。

配下が全員降りたのを確認すると、カイザーコングは蔦を握って底へと向かった。

死体を確認し、引き上げ、贄《にえ》にするのだ。

両手を合わせて、腕ごとゆっくりと振り上げる。

みりみりと音が鳴り、毛むくじゃらの腕が三倍ほどの太さになった。足元の大岩を叩き割ろうと、それを思い切り振り下ろす。が――

「オゴアアアッ⁉」

拳が岩に触れる前に、その表面に縦線が入った。

次の瞬間、大岩が中心からぱっくりと割れ、亀裂から冒険者たちが飛び出す。

「絶対死んだと思った」

ジョゼがぶはっと息を吐き、

「がっはっは。またゼノス殿に助けられた。いっそわしと添い遂げんか」

カイゼルが大声で笑う。

「言ってることおかしいぞ、じいさん」

漆黒の外套《がいとう》を翻《ひるがえ》して、ゼノスは岩の上に降り立つ。

そして、アイアンコングたちを睥睨《へいげい》した。

「悪いが、死んだふりはお前らだけの特権じゃないぞ」

大岩が直撃する瞬間、防護魔法で全員を守った。

そして、息をひそめて魔獣たちが崖下に降りてくるのを待っていたのだ。

「……少し助かった」

アスカがわずかに身をかがめ、鞘《さや》から引き抜かれた真っ白な刀身が陽光に煌《きら》めく。

「《風舞い》」

ウォンッ！

鋭利な嵐《あらし》が空間に吹き荒れ、たった一振りで二十匹ほどのアイアンコングが上下に寸断された。

「め、めちゃくちゃだ」

ジョゼがあんぐりと口を開け、カイザーコングは後ろへ大きく下がった。

「ゴアアアッ！」

危険な相手と判断したのか、その場を離脱しようと、跳び上がって崖上から垂らした蔦を掴む。

だが、その蔦が突然支えをなくしたように、カイザーコングとともに穴底に落下した。

「あれ、ロア？」

いつの間にかロアが崖の上に立っている。

乱戦の間に気配を消して岩壁を登っていたのだろう。なかなか器用な真似をする。

蔦を切断したロアは、眼下のカイザーコングを指さして言った。

「あんたは逃がさない。集落の仇《かたき》っ」

「ギイイィッ！」

カイザーコングが牙《きば》を剥《む》いて吠えた。残りのアイアンコングたちが、盾のようにカイザーコングの前に立ちはだかり、足元の岩を崩して投石を再開する。

「また岩……」

眉をひそめるアスカの両脇を、カイゼルとゼノスが駆け抜けた。

「【銀狼】。強烈な一撃を放つには、少し溜めがいるのだろう？　吸血獣で多少血を失って、わしも本調子ではない。今日は譲ってやる。雑魚はわしらに任せろ」

「アイアンコングは別に雑魚じゃないぞ？」

ブラッククラスやプラチナクラスの冒険者はやはりどこかおかしい。

ゼノスは前を向いたまま声を上げた。

「ジョゼ、回復を頼むっ」

「あ、ああっ」

前方からの投石をいなしながら、飛び掛かってくるアイアンコングたちを《執刀《メス》》で切り伏せる。

防護魔法が途切れた瞬間に多少怪我を負っても、特級治癒師が治してくれる。

カイゼルのサポートは……まあ、いいだろう。

強者が揃っているおかげで、自分の戦闘だけに集中できる。こんな感覚は久しぶりだ。

「ゴアアアッ！」

カイザーコングの咆哮が山々にこだます。

カイゼルとゼノスの奮闘で、アイアンコングたちが作った囲いに亀裂が生まれた。

「行け、アスカっ！」

「《風縫い》」

わずかな隙間《すきま》を刺すように、不可視の突きが空間を真っすぐ抉《えぐ》り、カイザーコングの脇腹《わきばら》に大穴を開ける。

「ギギイイイッ！」

カイザーコングは脇腹を不思議そうに押さえた後、苦しげに呻いて仰向《あおむ》けに倒れた。

「……」

アスカが白刃を鞘に戻し、おもむろに踵を返す。

「まだだっ、師匠！」

崖上から跳び下りたロアが、そのまま倒れ伏したカイザーコングの胸に刃を突き立てた。

「ギャアアオオオオッ！」

「こいつらは死んだふりが得意だっ」

「ロアっ」

振り払われて跳ね飛ばされたロアを、ゼノスが咄嗟《とっさ》に受け止める。

「そうだった……助かった」

私は師匠じゃないけど――そう付け加え、【銀狼】は再び剣の柄を握った。

怒りに燃えるカイザーコングが長い両手を足元の岩に突き刺し、力任せに岩石をひっくり返す。

巨大な岩盤が空中で回転しながらアスカに迫るが、現代の剣聖はわずかに腰を落としたまま微動だにしない。

「――《風斬り》」

斬り上げられた斬撃が先鋭な衝撃波となって、巨岩を真っ二つに割る。

その先にいたカイザーコングの股から頭頂部まで縦線が入り、亀裂部から赤黒い血を吹き出しながら、断末魔の雄たけびが山々に轟《とどろ》く。

そして、今度こそカイザーコングは轟音《ごうおん》とともに仰向けに倒れた。

山に静寂が戻り、崖下に吹き溜まった風が、土埃《つちぼこり》を巻き上げていく。

「これ、が……冒険」

後方でパーティの治癒を担当したジョゼが、肩で息をしながら座り込む。

ロアを下ろしたゼノスが、現役最年少の特級治癒師に近づいた。

「読んだり聞いたりするのとは全然違うだろ」

「……そう、だね」

空を仰《あお》ぐジョゼに、カイゼルが肩をごきごきと鳴らしながら言う。

「さすがに疲れたわ。筋肉で無理やり締めた傷が何度も開いたが、お嬢ちゃんのおかげで助かったぞ」

「だから僕は……いや、もうなんでもいいや」

ジョゼは腰を下ろしたまま諦めたように笑った。

百匹はいた配下のアイアンコングたちも軒並み倒されている。

ゼノスは呆れた調子で、還暦を迎える冒険者に視線を向けた。

「なんでその体調でそんなに動けるんだよ、カイゼル」

「そういう貴殿こそ、わしより多く倒しておるではないか」

「ま、とりあえず任務は一段……」

ゼノスはそこでふとクミル族の少女に目を向ける。

ロアはいつの間にか仰向けに倒れたカイザーコングのそばにいた。

懐《ふところ》の布袋から取り出した黒い獣毛をじっと見つめて、どこか茫然《ぼうぜん》とした顔でつぶやいた。

「違う……」

「……」

その様子を無言で眺めていたアスカが、ゆっくりとロアに近づき、ぽんと頭に手を乗せた。

「……帰るよ」

「あっ、は、はいっ」

ロアは少し驚いたように頷く。

座り込んだままのジョゼが、どこかうんざりした顔で言った。

「帰るって……毒の洞窟を通る訳にはいかないよね」

「まあな、だから岩壁を登って帰る感じだな」

「がっはっは、いい運動になりそうだ」

「やっぱり冒険なんて嫌いだっ」

戦闘を終えた即席パーティが和気あいあいとやり合っている後方で、ようやく目を覚ました【髑《ど》髏《ろ》犬《いぬ》】のメンバーたちが、悔しげに歯噛みしていた。

これまで他人の手柄を直前に奪うことで、短期間で成果を上げてきた。それなのに今回は何もできず、むしろ大事なところを全てもっていかれたのだ。美しき剣聖の横顔を睨みつけるが、まるでこっちの存在を忘れているかのように一瞥《いちべつ》すらくれない。

「おい、どうすんだ、ビーゴ」

「……」

【髑髏犬《どくろいぬ》】のリーダー、ビーゴは少し黙った後、静かに言った。

「……元凶は倒され、七大貴族の任務は達成された。それをやったのは俺たちだよな」

「あ？」

ビーゴは暗い瞳で、冒険者たちを見つめる。

「まだ終わってねえ。手柄の横取りが俺の流儀だぜ？」

夜の帳《とばり》が降り、ザグラス地方の山々が薄闇《うすやみ》色に染まっていく。

山小屋に戻った冒険者一行によって、カイザーコングの出現と討伐の一報が待機していた冒険者たちに知らされた。

「カイザーコング……まじか」

「よくたった数人で倒せたな」

「俺《おれ》、待機していてよかった……」

熟練の冒険者たちからは概《おおむ》ねそんな反応が返ってきた。

討伐ランクA+。カイザーコングは圧倒的な腕力はもとより、魔獣とは思えない知能と統率力こそが最も警戒に値する難敵で、歴史上数多くの冒険者たちがその毒牙にかかっていたと聞く。報告例が少ないのは、遭遇して無事に戻ったパーティがそれだけ希少なことを示しているのだ。

「さすがブラッククラスとプラチナクラス、そして特級治癒《ちゆ》師《し》のパーティだな」

そんな賞賛の言葉が数多かけられたが、カイゼルとジョゼはあまり嬉《うれ》しそうではない。

「解せんな。洞窟の時といい、巨岩の落下の時といい、ゼノス殿がいなければ今回の討伐は困難だった。にもかかわらず、あやつらは肩書きばかりに注目し、貴殿の活躍を目に留めぬ……」

不満げに腕を組むカイゼルに、ゼノスは肩をすくめて答える。

「別にいいさ。活躍なんて言われるほどのものじゃないしな」

パーティにいた頃は当たり前のようにやっていたことだ。

むしろあの頃に比べると、仲間に対する支援の労力が遥かに少なく済んだので、逆に申し訳ないくらいだった。

それを言うと、ジョゼが呆《あき》れた様子で眺めてくる。

「だから、まじのまじで何者なんだよ、おたく」

「ただの平穏を望む日陰者だよ」

「その腕があれば、結構な名声も得られると思うけど？」

「名声なんかうっとおしいだけだ。俺は報酬だけ貰《もら》えればいい」

「報酬は貰うんだ」

「勿論。労力の対価はきっちり回収する主義だ」

「はっ。名より実を取る。潔いではないか」

カイゼルはこっちの言い分を認めてくれたのか、嘆息して白髪をぼりぼりと掻《か》いた。

「まあよい。貴殿を見ていると、プラチナだのブラックだの肩書きにこだわっていた己《おのれ》が小さく見えてきたわ。報酬の配分と受け渡しについては、後で【銀狼】も交えて相談といこう」

「ああ、恩に着るよ。そういえば【銀狼】は？」

尋ねると、ジョゼが周囲に目をやって、首を傾ける。

「さあ？　汗かいたって言いながらどこかに消えたけど」

「ふぅん……」

そのまま山小屋の周囲を歩いていると、焚き火のそばで剣の素振りをしているクミル族の少女の姿が目に入った。

「精が出るな」

声をかけると、ロアは額の汗を拭って振り返った。

「ああ、先生。毎日素振りをするって、師匠との約束だからね」

そこでロアの手にした剣に見覚えがあることに気づく。

「あれ？　その剣……？」

「うん、これ師匠の剣なんだ」

少女が握っているのは、真っ白な刀身の細身の剣だ。

確かアスカが使っていたのを覚えている。

「どうしたんだ、それ？」

「師匠の剣をちょっと触らせて欲しいって頼んだんだ。そしたら今から水浴びをするから、その間だけならいいって」

ロアは嬉しそうに言って、白刃を眺めた。

「へぇ……」

群れるのを極端に嫌うアスカだが、多少の心境の変化があったのか、この冒険で少しだけ態度を軟化させている気はする。ロアに睡眠だけはしっかり取るように言って立ち去ろうとすると、「先生」と後ろから呼び止められた。

「どうした？」

「あのさ……違ったんだ」

ロアは剣を上段に構えたまま、神妙な顔つきで言った。

「仇《かたき》の件か？」

「うん……カイザーコングは集落を滅ぼした魔獣じゃなかった」

倒れたカイザーコングのそばで、ロアは仇の獣毛が入った布袋を握りしめていた。

カイザーコングの黒い毛並みは確かに以前見せてもらった獣毛とよく似ている気はしたが、近くで比べたら異なっていたのだろう。

ロアは気を取り直すように、二、三度首を横に振った。

「でも、私が冒険者になれたら、いつか仇討ちの機会はやってくるはずだよね」

「【銀狼】への弟子入りはできそうなのか？」

「まだ渋られてるけど、諦《あきら》める気はないよ」

「もうこれ以上は手伝わないからな」

苦笑して言うと、ロアは剣をゆっくり下ろして、

「うん、先生、ほんとにありがとう。あたしがナイスバディのお姉さんに成長したら、彼女になってあげるから」

「その時は手土産を忘れるなよ」

軽口を交わしながら、ふと思った。

結局、アスカがこの冒険に参加した理由――気になることがある、と言っていたのは一体なんだったのだろう。

しばらく立ち止まって思いを馳《は》せるが、考えてわかることでもない。

結局、素振りに励むロアのそばを離れて山小屋に戻ることにした。

「のう、ゼノス」

「うわ、びっくりした」

振り返ると、宵闇《よいやみ》の中に半透明の女が浮いている。

「お前な、気配を消していきなり耳元で話しかけるなと何度言えば」

「ふん、わらわが戻る前に勝手にわくわく冒険イベントを済ませおって」

カーミラは不満げに腕を組んだ。

「仕方ないだろ。アイアンコングと【髑髏犬《どくろいぬ》】の後をすぐに追わなきゃならない状況だったんだ。というか、お前こそ一体どこにいたんだよ」

「なに、ちょっとしたおしおきじゃ」

「おしおき……あ、お前やっぱり」

「くくく……」

カーミラは不敵に笑った後、少しだけ真顔になった。

「せいぜい気をつけるがよい。内憂外患《ないゆうがいかん》。問題の種はあちこちに転がっておるぞ」

「不吉な予言はやめてくれ。やっと面倒事が片付いたところなんだ」

冒険に巻き込まれたことで治療院も休業中だし、リリたちも心配しているだろう。

貧民街の学校も始まったばかりだ。目と手の届く範囲でやることは沢山ある。

しかし、カーミラはきょとんとした顔で、首を傾けた。

「片付いた？　じゃが、この山には……」

「え、なに？」

「まあ、よいわ。わらわにも確信はないし、たまには不吉な予言はやめといてやろう」

カーミラは小さくつぶやくと、ふわりとゼノスの後ろに回り込んだ。

「それはそうと、【銀狼】という女は水浴び中らしいではないか」

「ん？　ロアがそう言ってたな」

「覗《のぞ》きにいかんでいいのか？」

「何言ってるんだ、この浮遊体」

いつも通り突っ込んで山小屋に向かおうとすると、カーミラはもう一度耳元で言った。

「本当によいのか。さっき数人の男がこそこそと森の奥の泉に向かっていたぞ」

「……え？」

+++

「ふぅ……」

森の奥の泉に、美しき剣聖の姿があった。

枝葉の隙間《すきま》から射《さ》す薄い月光が、真っ白な肌をぼんやりと照らしている。

右手で泉の水をすくうと、波紋がゆっくりと水面の上を広がった。

「……何か用？」

泉に肩まで浸かったまま、アスカは静かに言った。

やがて繁みがガサガサと揺れ、四人の男が姿を現した。先頭に立っているのは、髪をトリカのように逆立てた目つきの悪い男だ。

「くはは、さすがだな。俺らは盗賊あがりで、気配を消すのは得意なんだがな」

「誰《だれ》？」

「くくく、いい眺め……って、いい加減覚えろやあっ！」

男はその場で地団駄を踏んで声を荒げた。

しばらくふーふーと鼻息を吐いていたが、やがてゆっくりと足を踏み出す。

「まあいい。【髑髏犬《どくろいぬ》】のリーダー、ビーゴ様のことは今日を境に忘れられなくなるぜ」

にやにやと笑いながら泉のほとりへと近づいてきた。

「なあ、【銀狼】さんよ。今回の魔獣討伐の手柄を譲ってくれねえか？　元凶の魔獣を倒したのは俺らって、この場で念書を書いてくれりゃあいい」

「なんで?」

「おっと、断ってくれてもいいんだぜ。だが、その場合はどうなるかわかるよなぁ?」

「さあ?」

首をひねると、男は目を細めてじろじろとアスカを眺めて言った。

「おいおい、強がりはやめとけよ。さっきクミル族のガキに剣を渡していたな。剣士の命を簡単に手放しちゃ駄目だろぉ?」

「うん、その通り……ただあの娘は、あの剣に触れる資格がある」

「あ?」

男は一瞬眉《まゆ》をひそめた後、べろりと舌なめずりをした。

「まあ、そんなことはどうでもいい。要は剣さえなきゃ、てめえはただのひ弱な女だってことだ。ひひひ、散々俺様のことを馬鹿《ばか》にしやがって」

「別に馬鹿にはしていない。印象が薄い人は覚えられないだけ」

「それが馬鹿にしてるって言ってんだよぉおっ!」

ビーゴと名乗った男は、ぎりぎりと奥歯を噛《か》み締《し》め、アスカを睨《にら》んだまま仲間に声をかけた。

「もういい。思い知らせてやる。おいお前ら、この女を押さえろ」

だが、男の背後からは何の反応もない。

「おいっ、さっさと――」

振り返った男は、仲間の三人が既に草の上に倒れていることに気づいたようだ。

すぐそばには闇《やみ》に溶けるような黒い外套《がいとう》をまとった男が立っている。

「【銀狼】は今回の任務の功労者だ。水浴びくらいゆっくりさせてやれ」

「あ……ゼノス」

アスカが名を呼ぶと、トサカ頭は激高して叫んだ。

「って、だからなんでこいつのことは名前まで覚えてるんだよぉぉっ！」

「印象に残ってるから」

「絶対俺のほうが印象に残るだろうがよぉぉっ！」

「見た目はな？」

「てめえら、もう許さねえっ！」

湾曲した剣を手に、男はゼノスに勢いよく飛び掛かった。

そして、青い光がゼノスを一瞬取り巻いたと思ったら、【髑髏犬《どくろいぬ》】のリーダーは仲間の隣に仲良く横たわっていた。


「やれやれ……」

昏倒した【髑髏犬《どくろいぬ》】メンバー四人を見下ろして、ゼノスは溜《た》め息《いき》をつく。

洞窟でそれなりの毒を浴びた割に、元気のいいことだ。

泉に浸かったアスカが、首を傾けた。

「どうして、ここに？」

「いや、こいつらがあんたの後をつけているって情報があったからな。ロアがあんたの剣を持ってたし、丸腰なんじゃないかと思って一応様子を見に来たんだ」

「そう……別に枝の一本でもあれば倒せるけど」

「そ、そうか。出しゃばって悪かったな。じゃあ」

踵《きびす》を返し、立ち去ろうとすると、「待って」と呼び止められた。

足を止めて振り返る。アスカは少し黙った後、

「……でも、なぜか悪い気はしなかった」

微笑を浮かべてそう言った。

「私は誰にも助けられたくないし、誰も助ける気もなかった。でも、今回の冒険はあなたに少し助けられた。あのロアという娘にも」

「……」

黙って頷《うなず》くと、アスカはそのままざぶざぶと泉から出てきた。

薄い月明かりの下に、剣聖の真っ白な肢体が浮かび上がる。

「いきなり水から上がるのやめような？」

アスカに背中を向けてたしなめると、不思議そうな口調で返事があった。

「なんで？」

「それ聞く？」

「そろそろ上がろうと思ったから、上がっただけ」

「そうか……確かにあんたはそういう感じの奴だな」

「そういえば……師匠にもさっさと服を着ろってよく怒られたな」

「師匠……？」

後ろを向いたまま眉をひそめると、若干の沈黙の後、アスカは言った。

「私は……【雷神】の弟子なの」

「え？」

驚いて思わず振り向いたところ、アスカは相変わらず一糸まとわぬ姿だったので、そのまま一回転して背中を向ける。

「……服はさっさと着ような」

「今から着るところ。なんだか師匠みたい」

わずかにむくれた口調のアスカに、ゼノスは尋ねた。

「で、【雷神】の弟子ってどういうことなんだ？」

【雷神】はアスカの前に剣聖と呼ばれた男で、ロアの父親疑惑がある人物だ。

確かに弟子がいたという噂《うわさ》は聞いたことがあったが、その後行方《ゆくえ》不明になり、冒険者ギルドも居場所を把握していないという。

背後から、アスカが泉のほとりにおいてあった服を持ち上げる音が聞こえる。

「私は……小さい時に親を亡くして、行き場もなくて森を彷徨《さまよ》っていた時に魔獣に襲われたの」

別にそのまま死んでもいいと思っていたが、気づいたら近くに落ちていた枝を手に取り反撃していたのだという。潜在的な戦闘本能が発揮された瞬間だったのだろう。

「それをたまたま通りかかった師匠が見て助けてくれた……」

アスカの身のこなしに剣の天才として感じるものがあったのか、【雷神】は弟子にならないかと誘ってきた。

「お前なら剣聖の技が継げるかもしれないって言われて。その時はよくわからなかったけど……」

それから旅と猛烈な稽古の日々が始まった。

師匠は普段はおおらかな男だったが、剣にはとことん厳しかった。だが、できることがどんどん増えていくことが楽しく、稽古も苦にはならなかったという。

しかし、そうしているうちに、【雷神】の身体は次第に弱っていったのだそう。

「最初は知らなかったけど、実は師匠は病気にかかっていて、先がそれほど長くなかったの」

「……」

ゼノスは無言で腕を組んだ。

その後ろでアスカは訥々《とつとつ》と話を続ける。

ようやく服を着始めたのか、衣擦《きぬず》れの音がわずかに響いた。

「腕が鈍っているから変だと思って問《と》い質《ただ》して……その時に聞いたの」

「病気のことを、か」

「うん。それと好きな女の人の話」

「……」

「師匠は私と出会う前に、将来を誓った人がいたけど、自分が病気を患っていることに気づいて、立ち去ることにしたって。ゆっくりだけど確実に進行していく病。だから、その人に迷惑をかけられないって」

その後は、寿命が尽きる日まで人里離れた場所でひっそりと過ごすつもりだったらしい。

だが、次代剣聖となりうる才能を持ったアスカに偶然出会ってしまったことで、余命があるうちに長年磨きあげた技を託したいと思ってしまった。

「待てよ。将来を誓った相手って……」

「クミル族。出会ったのはザグラス地方のクミル族の集落だったたって」

「なるほど、【雷神】が集落にいたのは事実だったんだな。じゃあ、やっぱりロアは――」

「似てるの。顔立ちが」

アスカの肯定の言葉で、色々と納得がいった。

「そうか、それで……」

野営地でアスカとロアが決闘した時、ロアが先代剣聖の娘だと言った瞬間、アスカの態度が変わったのを覚えている。

その後、ロアに稽古をつけることにしたのは、師匠の娘だったたからだ。

受け継いだものを、アスカは少しだけでも受け渡そうとしていた。

「私の修行も素振りと師匠との立ち合いが主だった。いつも容赦なくやられたけど、段々戦えるようになって……でも、それは師匠が弱ってきたからだと思う」

自分の剣は、剣聖と呼ばれた【雷神】にはきっとまだ及んでいない。

だから、今の自分が剣聖と呼ばれるのが嫌だったという。

過去を思い出すように言って、アスカはしばらく押し黙った。

「ちなみに……【雷神】はロアのことは知っていたのか？」

「私は聞いたことがなかった。多分知らなかったと思う」

ロアが生まれた時には、もう【雷神】は集落を離れていたと聞いた。野営地でロア自身も言っていた通り、先代剣聖は子供ができていたことに気づいていなかったのだろう。もし、知っていたら状況は変わっていたかもしれない。

「病気の話を聞いて、私は師匠に言ったの。その女の人に会いに行こうって」

「寿命が尽きる前に、会わせたいってことか」

「それもあるけど……本当は多分、師匠がどんな人に惹《ひ》かれたのか知りたかった……」

【雷神】は渋ったようだが、弱っていたのをいいことに、アスカが半ば無理やり引っ張る形で、二人はザグラス地方へと向かった。

「だけど、私たちは少し遅かった」

「遅かった……？」

話が核心に近づいている気がして、皮膚にひりひりとした感触を覚える。

「目的地についた時には、もう集落は滅んでいたの」

「えっ」

再び驚いて振り返るが、やっと服を着てくれていたので、顔をそのままアスカに向けた。

「それって、魔獣の襲来でか？」

アスカは無言で首を縦に振る。

ロアが言っていたクミル族の集落が滅んだ日。

驚くことに、アスカたちもその場を訪れていたのだ。

ロアが焼け落ちた集落で発見できたのは漆黒の獣毛だけだったと聞いたが、アスカたちはもっと大きな痕跡を目にしていた。

「私たちは集落から飛び去って行く魔獣の影を見たの。そして、急いで後を追った」

「……」

黙ってアスカを見つめると、彼女は視線を山の頂きのほうへと向けた。

夜の闇の中、休火山ダイオスが静かに鎮座している。

「私たちはあの山頂付近で魔獣を追い詰めた。だけど……」

アスカは暗い天蓋《てんがい》を仰《あお》いで、悔しげに唇を噛んだ。

「戦いの最中、師匠は私をかばって大怪我《けが》を負った。ただでさえ病気で弱っていたのに、私なんかをかばうから……」

拮抗していた戦局は一気に魔獣優位に傾いた。

満身創痍《まんしんそうい》の【雷神】は最後の力を振り絞って、その魔獣とともに火口に落ちていったという。

行方不明とされていた【雷神】の最期を語ったアスカは、華奢《きゃしゃ》な両手を握りしめる。

ゼノスは浅く息を吐いて言った。

「あんたが仲間を作らないのは、そういう訳か」

足手まといは必要ない。

もう誰にも助けられたくないし、誰も助けたくない。

「私が師匠の足を引っ張った。誰かの足を引っ張るのも、足を引っ張られるのも、もう沢山」

「……」

それなのに大人数が参加する今回の任務に臨んだのは、ザグラス地方に魔獣増加の兆しがあると聞いて、クミル族の集落を滅ぼし、師匠と相討ちになって火口に消えたあの魔獣が復活したのかと思ったのだそう。

「結局、現れたのはカイザーコングで、あの魔獣ではなかったけど……」

アスカは溜め息をついて、目を閉じた。

孤高の剣士である【銀狼】が冒険に参加した理由。

彼女が気になった、と言っていたことがようやく判明する。

「やっと色々事情がわかったよ。今まで黙っていたのに、どうして教えてくれたんだ？」

「……なんでだろう。一段落ついて、力が抜けたのかも」

それに――、とアスカは付け加える。

「あなたは、少し、師匠に似てるから」

「そうなのか？」

「年代も見た目も全然違うけど、雰囲気がなんとなく……師匠は幼い私が魔獣に襲われた時に助けてくれた。あなたもさっき助けに入ってくれた」

「さっきのはむしろ無用なお節介だったみたいだけどな」

ゼノスは苦笑して、ぼりぼりと頭を掻いた。

「ちなみに、その魔獣ってなんだったんだ？」

ロアの集落と、アスカの師匠の仇にも当たる魔獣。

当時の感情を思い出したのか、アスカは瞳《ひとみ》に静かな闘志を湛《たた》えて口を開いた。

「……討伐ランクＳ。漆黒の翼ダーク・グリ――」

「ゼノスっ！」

「うわ、びっくりした」

「え、なに？」

「いや、なんでもない。ちょっと悪い」

ゼノスはアスカのそばを離れ、木陰へと移動した。

「浮遊体ぃぃっ。姿を消していきなり話しかけるなと何度言えば――」

「そんなことよりまずいぞ」

薄闇にぼんやり現れたカーミラは、珍しく切迫した表情をしている。

「……まずい？」

「ああ、やはり予感は当たっておったわ。貴様らの任務はまだ終わっておらん」

「……どういうことだ？」

「霊体の身にひしひしと感じるわ。あれが動き出した。カイザーコングですら、あれに引き寄せられたにすぎん」

「ちょっと待て。まさか――」

「来るぞっ！」

カーミラの視線を追って、顔を上に向けた。

視界を覆《おお》うように突き出した枝の間に、暗がりの空と満天の星が見える。

そこに夜よりも濃い黒い点があった。

ざわっと肌が粟立《あわだ》ち、悪寒《おかん》が全身を駆け巡る。

「何か来る」

アスカも気づいたようで、こっちに駆けてきた。

次の瞬間には、点のような大きさだったそれはもうはっきりと肉眼で認識できるほどの距離に急降下していた。

獰猛《どうもう》な鷲《わし》の顔に、獅子《しし》の胴体。

妖しい輝きを放つ漆黒の翼が夜を切り裂くように広げられている。一見しただけで、それが凡百の魔獣とまるで異質な存在であることがわかる。

――厄災。

「ダーク・グリフォンっ」

アスカの顔色が一瞬にして変わった。

「え、それってさっきあんたが言っ――」

最後まで話す前に、熱波が吹き荒れ、辺りはあっという間に灼熱の赤黒い炎に包まれる。

燃えさかる業火。ダーク・グリフォンが口から放った一撃だ。

ロアの集落と、アスカの師匠の仇。

【雷神】と火口に落ちたとさっき聞いたばかりだが、十年の時を経て復活していたのだ。

突然現れたあの厄災こそが今回の魔獣増加の真の元凶。

「アスカ、無事かっ？」

ゼノスは叫んで、炎の中に【銀狼】の姿を探す。

咄嗟《とっさ》に防護魔法を放ったので大丈夫だと思うが――

「うああ、あああああっ！」

見ると、落ちていたビーゴの剣を拾ったアスカが、血相を変え、舞い上がった黒い死に神を追って駆け出していた。

「待て、俺から離れるなっ」

距離が遠くなれば防護魔法の効果は弱まる。

しかし、仇の姿を認識したアスカの耳には入らない。

すぐに後を追おうとして、ゼノスは足を止めた。

山小屋のほうから黒煙がもうもうと立ち上っており、いくつもの悲鳴が聞こえる。

ダーク・グリフォンの攻撃対象は自分たちだけではなかったのだ。

わずかな間があって、漆黒の影が空を横切り、山頂のほうへと向かうのが視界の端に見えた。

——どうする？

ダーク・グリフォンとアスカを追うか。山小屋の様子を見に行くか。

一瞬の思考の後、後者を選択する。あそこには全快していない冒険者たちが大勢いる。

炎に包まれた森を駆け抜け、山小屋の広場に到着すると、そこは地獄絵図と化していた。

焼け焦《こ》げた小屋はほぼ原形を留めておらず、辺りは火の海だ。

あちこちから冒険者たちの呻《うめ》き声がしている。

「ゼノス殿っ！」

プラチナクラスの老冒険者が駆け寄ってくるが、右腕は真っ黒に焦げ、えぐれた脇腹《わきばら》からは大量の血がしたたり落ちている。

「じいさん、大丈夫か」

「少し油断したわ。まさか伝説級の魔獣がいきなり襲ってくるとは。咄嗟《とっさ》に迎え撃ったがこのざまだ」

「むしろそれでなんで動けるんだよ」

ゼノスはカイゼルの損傷部位に手をかざし、治癒魔法を唱える。

「カイゼルは僕をかばったんだ。ほら、治療するから早く見せて。急がないと手遅れになる」

特級治癒師のジョゼが慌てた様子で転びながらやってきた。

だが、ゼノスは平然と答える。

「カイゼルならもう治したぞ」

「は？」

「うむ……治っておる、の……」

カイゼルは不思議そうに右手と脇腹に目をやる。

ジョゼはおかっぱ頭を掻《か》きむしった。

「あの大怪我《おおけが》を一瞬で？　おたく本当に非常識だね」

「まともな教育を受けてないからな」

「なんかもう慣れてきたけどさぁぁ」

不満げに唇を突き出すジョゼ。ゼノスは煙と炎が渦巻く現場を素早く見渡す。

「ロアは？」

素振りをしていたロアの姿が見つからない。カイゼルが心配そうな顔で言った。

「クミル族のお嬢ちゃんだが、あの魔獣を追っていったように見えたぞ」

「なに……」

「確か凄《すご》い勢いで広場を突っ切って行った。止めようとしたけど剣を届けなきゃって言ってた」

「そうか――」

ジョゼの一言に、ゼノスは頷いた。

アスカが水浴びをしている間、【銀狼】の剣はロアの手元にあった。アスカが今手にしているのは慣れないビーゴの曲剣だ。

それにダーク・グリフォンはロアの集落の仇でもある。目のいいロアのことだ。襲ってきたのが長年捜していた魔獣だということに気づいた可能性は高い。

「……」

無言で阿鼻叫喚《あびきょうかん》の現場を見回すと、老冒険者が肩に手を置いてきた。

「行け、ゼノス殿」

「しかし」

「今日一日でさすがに血を失いすぎた。悔しいが今のわしが行っても足手まといになる。山の魔獣共が混乱に乗じて、襲ってこないとも限らんからな。わしはここを守ろう」

「カイゼル……」

逡巡していると、ジョゼがふんと鼻を鳴らす。

「さっさと行ったら？　まさか自分がいないと怪我人たちが助からないとでも思ってる？　甘くみないでよ。ここにいるのを誰だと思ってるの」

「……そうだな」

ゼノスは口元を緩めて、踵を返した。

「頼んだぞ、特級治癒師っ」

炎の広場を駆け抜けながら、視線を夜空に向ける。

「カーミラ、いるかっ」

「大声を出さずとも聞こえておるわ」

黒装束をまとったレイスが薄ぼんやりと現れた。

「ダーク・グリフォンがどこに向かったかわかるか？」

アスカとロアはそこにいるはずだ。

浮かびながら隣を並走するカーミラは、不満げに口を開く。

「貴様、わらわを便利な探知機とでも思っておらんか？　わらわが一定の精度で探知できるのは同じアンデッドだけじゃ。後はなんとなく感じる程度にすぎん」

「そう言いつつ、お前ならなんとかできるだろ？」

すると、カーミラはこちらをじろりと睨んで言った。

「……ふん、あれほど禍々《まがまが》しい気を発しておれば、さすがに多少は感じるわ。それにダーク・グリフォンには帰巣本能があるからの」

カーミラは白い腕を持ち上げ、夜の闇に聳《そび》える休火山ダイオスを指さした。

「魔獣が向かっているのは、おそらくあの山の火口じゃ」

＋＋＋

「あ……」

ザグラス地方から遠く離れた王都の片隅。

廃墟街《はいきょがい》の治療院で、エルフの少女が台所で呟いた。

「どうしたんだい、リリ？」

「事件が起こったならリンガに任せろ」

「勿論、我も手を貸すぞ」

亜人の頭領たちが、先を競うように台所に顔を出す。

「別に大したことじゃないよ。みんな過保護だなぁ」

リリがくすくす笑うと、三人の亜人は顔を見合わせて言った。

「だって、先生もカーミラもいないからねぇ」

「そういう時はリンガたちがリリの保護者」

「もうゼノスがここを出て十日か」

三人は同時に溜め息をついて、席に戻っていった。

ゾフィアがふと振り向いて尋ねる。

「で、結局なんだったんだい？」

「うん？　茶葉が切れてただけだよ」

三人はぴたりと足を止めた。

「……茶葉が？」

「そ、それは不吉の前兆なのかとリンガは思う」

「なにっ、そうなのかっ！」

「もう、みんな敏感になりすぎだよ。使えばなくなるんだから」

リリは苦笑しながら、窓から覗く夜空に目を向けた。

真っ暗な闇をしばらく眺め、口角をぐいと持ち上げて元気よく言った。

「よし、ご飯にしよ。倉庫から別の茶葉を取ってくるね」

+++

休火山ダイオスは峻険な山々が連なるザグラス地方の中では、比較的緩やかな稜線《りょうせん》を描いており、登りやすい山として知られている。しかし、頂上にある火口の奥底には、滞留するマグマ溜まりが覚醒《かくせい》の時を待っており、不用意に近づく者はいない。

今、大きく口を開いた火口のそばで、黒い瘴気《しょうき》のようなものをまとった漆黒の獣と、最高峰の剣技を持つ女が対峙《たいじ》していた。

「もう逃がさない……師匠の仇」

曲刀を構えたアスカはダーク・グリフォンを真っすぐ見据えて言った。

わずかに身をかがめたまま、厄災級の魔獣は微動だにしない。

魔獣の討伐ランクはFから始まり、今は欠番になっているZまで存在するが、その強さは連続的ではなく、ランクを表す文字が変わると非連続的に上昇すると言われている。

特にその傾向は上位ランクになるほど顕著であり、つまりAクラスとSクラスは、討伐ランク上は隣り合っているが、実際の脅威はそれこそ一つ次元が異なると考えたほうがいい。

火口付近は草木が少なく、相手の全景を捉《とら》えることができる。

鷲の頭部と、獅子の身体。夜の闇を含んだような漆黒の翼が左右に大きく広がっていた。

ダーク・グリフォンの嘴《くちばし》からは灼熱の黒い息吹が漏《も》れている。

大気が焼けるように熱く、ちりちりと肌を焦がしていた。

「アァッ！」

人の音域を超えた咆哮《ほうこう》がこだまし、赤黒い火炎がアスカに吹き付けられた。

「《風斬り》」

即座に反応したアスカは、炎を縦に切り裂く。

大地が抉《えぐ》れ、音速を超える衝撃波が魔獣に向かうが、次の瞬間にはもうダーク・グリフォンは地面を蹴《け》っていた。

風が唸《うな》り、熱をまとった黒い魔獣が爆速で一直線に飛来する。

「くっ」

アスカは咄嗟に身をかわしながら、片手で剣を振った。

だが、斬撃は直前で向きを変えた相手を捉え切れず、ダーク・グリフォンは少し離れた位置に着地。泥土が盛大に宙を舞う。

「やりにくいな……」

体勢を立て直したアスカは、剣を持った右手を何度か振った。

これは水浴び中にやってきた男のものだが、曲がった剣にはあまり慣れていない。

並みの魔獣であれば大して気にならないが、相手がSランクの魔獣となると少しの勝手の違いが反応の遅れに繋《つな》がってしまう。戦いの中で慣れていくしかない。

ありがたいのはダーク・グリフォンがこの場から逃げ出す素振りを見せないことだ。

それどころか、心臓を鷲掴みされるかのような殺気すら感じる。

「気づいてるね……」

アスカはダーク・グリフォンの暗い瞳を眺めて言った。

十年前に、この場所で自らを追い詰めた【雷神】。

こっちがその時に一緒にいた少女だということを、魔獣はおそらく認識している。

十年前、師匠の死を賭《と》した最期の一撃で、ダーク・グリフォンは瀕死の重傷を負い、師匠とともに火口に落ちていった。辛うじて一命を取り留めたものの、その傷を癒やすのに、十年もの眠りが必要だったのだろう。

魔獣にとっても、アスカにとっても、お互いに雪辱を果たす相手だということだ。

アスカは呼吸を整え、つぶやいた。

「決着をつけよう」

同時に地を蹴る。

衝突。

衝撃。

激突。

絶対強者同士の壮絶なぶつかり合いが莫大な熱量を生み出し、夜空を焦がしていく。

一つ間違えればあっという間に消し炭に変わるようなぎりぎりの戦いを、アスカは紙一重で切り抜けていた。しかし――

――まずい……。

最初にはっきりと不利を自覚したのはアスカだった。

剣に慣れていないこともあって、戦闘が想定以上に長引いている。これまで魔獣との戦いはほとんど一瞬で終わらせていたため、不慣れな長時間の戦闘に疲労が少しずつ蓄積し、身体のキレを奪っていた。

その結果、ダーク・グリフォンの攻撃を全《すべ》てさばききれず、小さな傷や火傷《やけど》が少しずつ増えている。ひりひりした痛みのせいで、攻撃に全ての意識を集中できなくなりつつあった。

なにより、一番の問題は、剣の強度がもう持たないことだ。

この拾った剣ではアスカの全力に耐え切れない。

だから、絶妙に加減をしながら剣を振るっていたが、それでも刀身には既に無数の細かい傷が入り、もう限界というところまできている。

「もしかして……」

アスカは信じられないといった様子でつぶやいた。

錯覚かもしれないが、対峙するダーク・グリフォンが笑った気がしたのだ。

思えば、今回ダーク・グリフォンは不用意な接近をしてこない。

近づいては離れ、必殺の間合いには踏み込まず、少しずつこっちの体力と集中力を削るような戦い方をしている。十年前はもっと単調で単純な攻め方だったはずだ。

「学習している……？」

ごくりと喉《のど》が鳴った。

かつて【雷神】の剣で窮地に追い込まれた経験から、Sランクの魔獣は更に学んでいるのだ。

「……」

アスカは腰を落とし、握った剣を逆手持ちに変えた。

今までは耐久性を考えて、少し加減をしていた。

だが、剣の強度を考慮しても次が最後の一撃。

ここで全力を込め、これまでの戦いで魔獣が想定していない間合いに斬撃を届かせるのだ。

――この一刀で決める。

漆黒の翼をはためかせたダーク・グリフォンがふわりと身を浮かし、上空へと飛び上がった。

雰囲気の変化を感じ取ったのか、魔獣は空中に浮かんだまましばらく様子を見ていたが、やがてゆっくりと降下してきた。

アスカを標的に、その速度が次第に増してくる。

――あと少し。

ダーク・グリフォンは翼をたたんで急降下の姿勢へと変わる。嘴から黒い瘴気が吹き出し、強烈な一撃が放たれようしている。迫りくる巨大な圧を全身に感じながらも、アスカは敵から目を逸らさない。

――ここだ。

敵の想定よりも少し遠い間合い。

剣の柄を握る右手に力を込めた瞬間――

「師匠っ！」

後方から声がして、繁みから人が飛び出してくる音がした。

視線を一瞬向けると、ロアが鞘《さや》に入った剣を手に、懸命に走ってくる。

「剣をっ！」

「駄目っ！」

アスカは大声を上げた。

「アァッ！」

戦いの均衡が崩れ、ダーク・グリフォンの標的が新たな参戦者へと変化する。

口から放出された熱線は、ロアを目掛け、大気を焦がしながら物凄い速さで突き進んだ。

「《風舞い》」

アスカは咄嗟に刃を向ける対象を変える。

ゴウッ！

全力で放つ一撃。生み出された衝撃波が空間を切り刻みながら、ダーク・グリフォンの放った熱線を霧散させせんと横から迫った。

同時に、衝撃に耐えきれなくなった曲がった刀身が木っ端に割れる。

「あうっ！」

剣聖の渾身の斬撃と、災害級魔獣の灼熱の波動が交錯、生じた爆風にロアが吹き飛ばされた。

彼女が手にしていたアスカの剣もくるくると宙を舞って遠くに飛んでいく。

「……っ！」

次の瞬間、アスカはクミル族の少女の元へと駆け出していた。

ダーク・グリフォンの暗い瞳は、引き続き倒れたロアに向いているのだ。どす黒い瘴気が口の中から溢《あふ》れ、次撃が装填《そうてん》されつつあることを悟る。一方、衝撃を間近で浴びたロアは、呻きながらようやく身を起こすところだ。

「逃げなさいっ！」

声を荒げるが、衝撃の余波が残っているのか、ロアの反応が鈍い。

「なぜ、あの娘をっ……」

懸命に駆けながら呻くようにつぶやく。

走るアスカ。飛んでいった剣。若きクミル族の少女剣士。

曲刀を失った自分でもなく、武器となりうる剣でもなく、ダーク・グリフォンはこの場において最も脅威にならないロアを狙《ねら》っている。

優先順位が違う。それがわかっていないはずがない。

――いや、そうじゃない……。

背筋に一瞬冷たいものが走る。

ロアに照準を定めるダーク・グリフォンの横顔がどこか笑っているように見える。

敵は、わかった上でロアを狙っているのだ。

十年前、師匠の【雷神】は、まだ戦力として不十分だったアスカをかばったことで致命傷を負った。弱き者を的にかけることで、強き者に隙が生まれることを学習している。

「早く逃げてっ！」

「う、あ……」

ようやく起き上がったロアは、まだどこかぼんやりした様子で、踵を返した。

やっと逃げてくれた。

だが、もう間に合わない。

「アァッ！」

ダーク・グリフォンの熱光線が、背中を向けたロアに発射される。

わかっている。ここはロアを見捨て、転がった剣を取りに行くのが正しい選択だ。

わかっている。

わかっているのに――

「うあ、あああああっ」

アスカはそのまま全速力で駆け抜け、逃げようとするロアの前に立《た》ち塞《ふさ》がった。

拾った曲刀は既に砕け、ロアの持ってきた自分の剣も遠くに転がっている。
もはや丸腰のままなす術もない。ただこの身を盾にするのみ。
愚かだとわかっている。
――でも……。
私をかばったせいで致命傷を負った師匠。
あの人の娘まで、目の前で失うのは耐えられなかった。
すぐ直前に赤黒い灼熱の塊が迫り、アスカは反射的に目を閉じる。
――師匠。私は――
光が激しく弾け、荒れくるう熱波が全身に吹き付けた。
ロアが無事に逃げ切るのを願いながら、その時が来るのを待つ。
だが――
一向に意識は消えず、足はいまだ大地を踏みしめている、気がした。
「……？」
アスカは瞼《まぶた》をゆっくりと開けてみる。
最初に視界に飛び込んだのは、目の前ではためく漆黒の外套だった。
「ったく、勝手に先走るな」
「……っ！」
右手を前に向けた黒髪の男はそう悪態をついた後、振り返って、少し笑った。

「言っただろ。たまには同行者を信じろって」

+++

「ゼノス……」

アスカが驚いた顔で、目を見開いている。

「ぎりぎり間に合ってよかったよ」

ゼノスは短く息を吐いて言った。

休火山ダイオスの山頂を目掛けて走り、繁みを抜けた時には、もうロアが倒れ、アスカが走り出そうとしているところだった。

遠方からアスカとロアに防護魔法をかけることもできたが、ダーク・グリフォンの熱線の強さがわからない以上、自分が受けるのが一番だと判断。アスカはロアをかばうと想定し、能力強化魔法で脚力強化、ロアの前に身体を投げ出したアスカの、その更に前へと飛び出した。

「だいぶ熱くて痛かった。討伐ランクSは伊達《だて》じゃないな」

ゼノスは熱波のダメージを思い出して眉間に皺《しわ》を寄せる。

実際、ダーク・グリフォンの放った熱線は想像以上に強力で、防護魔法があっても火傷を負ってしまい、それをすぐに治癒魔法で回復させた。

「普通は一瞬で炭になるから、熱いとか痛いとかいうレベルのものじゃないけど……」

アスカは半ば呆れた表情を見せた後、訝《いぶか》しげに言った。

「それに、どうして私があの娘をかばうと……?」

「師匠ってのはそういうもんだからな」

さらりと答えると、アスカは一瞬黙った後、思い出したように振り返る。

「そうだ、あの娘は――」

アスカの視線の先、クミル族の少女は、戦場から離脱することなく山肌に立っていた。

ようやく意識が鮮明になったのか、しっかりした足取りで駆け寄ってくる。

「師匠、これをっ!」

差し出された愛刀を見て、アスカは茫然《ぼうぜん》とつぶやいた。

「まさか……このために」

ロアが朦朧《もうろう》とした様子で魔獣に背を向けたのは、逃げるためではなく、手放してしまった師匠の剣を取りに行くためだった。

「逃げろって言ったのに」

「弟子ってのもそういうもんだ」

「そう、そういうものっ」

「……」

二人を銀の瞳で見つめた後、感触を確かめるように、アスカはゆっくりと手の平に力を込める。

「でも……ありがとう」

「アァァァァァァァッ！」

思惑が崩れたダーク・グリフォンの、怒りの咆哮が山々に甲高く轟《とどろ》いた。

大気が揺れ、暗闇《くらやみ》の空が鳴動する。

不安げなロアを一瞬見た後、アスカはゼノスに声をかける。

「この娘…………いや、私の弟子をお願い」

「で、弟子……っ！」

アスカの発した言葉に、感激するロア。

ゼノスはにやりと笑って返した。

【銀狼】。支援はいるか？」

「助けはいらない……今は」

「了解。こっちは任せろ。存分に戦ってこい」

ただし――、とゼノスは続ける。

「礼は弾めよ」

「やっぱり変わった人」

アスカは微笑を浮かべると、熱線を今にも放たんとしているダーク・グリフォンに向き直った。

「オォォォアッ！」

「《風裂き》」

不可視の斬撃が、放出されたばかりの熱光線を空間ごと削ぎ取る。

想定を超える遠い間合いからの一撃に、ダーク・グリフォンの反応がわずかに遅れ、腹部から赤黒い血液が噴き出した。

「ギイイイッ！」

「少し浅い……？」

アスカが身を低くして駆け出す。

ダーク・グリフォンは自らの傷口に炎を吹きかけ、無理やりに止血をすると、漆黒の翼を左右に広げて上空に舞い上がった。

夜の闇と一体化した後、急回転して翼をはためかせる。

「……っ！」

アスカが突然横へと跳んだ。

ついさっき立っていた場所の泥土が盛大に弾けて宙に舞う。

「え、なにっ？」

「おそらく羽根を飛ばしたんだ」

驚くロアに、ゼノスは動体視力を強化しながら言った。

羽根と言っても、その一撃だけで大岩を穿《うが》つほどの威力がありそうだ。しかも、真っ黒なので月夜の下では視認するのも難しい。よくかわせたものだ。

「《風縫い》」

「アアアアアッ！」

光と熱と爆音が、空と大地にこだまする。

土くれが爆散し、風が唸り、大気が赤く染まった。

剣聖と厄災の攻防が、見る者もいない休火山の火口脇《わき》で繰り広げられていた。

観客は少し離れた山肌に立つクミル族の少女と闇ヒーラーのみ。

「師匠、すごい……」

「もはや人と魔獣の戦いじゃないな」

ゼノスは戦闘を眺めて言った。

あそこにいるのは二匹の魔獣。あるいはそれ以上の何か。

ロアが拳《こぶし》を握って口を開いた。

「先生、あたし、師匠を助けにいく」

「馬鹿言うな。師匠の邪魔をする気か？」

「で、でも、あいつは集落の仇でもあるんだ。あたしだけ黙って見てる訳にはいかないよ」

「駄目だ。なぜアスカが俺にお前を任せたのか考えてみろ」

「……」

ロアは唇を噛んで俯《うつむ》く。

ダーク・グリフォンは【銀狼】と戦いながらも、こっちの様子を少し気にしているようだ。おそらく【銀狼】の弱みを突きたいのだろうが、アスカの連続攻撃によってなかなかその余裕がないように見える。それでも二度ほど熱線がこっちに向かって放出されたが、防護魔法と回復魔法でダメージは回避していた。

ロアは悔しげにゼノスの腕を掴《つか》む。

「じゃあ、先生。せめて師匠を魔法で助けてよ。師匠あちこち傷だらけだよ」

「ダーク・グリフォンの次撃がいつこっちにくるかわからないから、こっちも防御体勢を迂闊《うかつ》に解けないいんだよ」

それにアスカ自身が支援はいらない、と言ったのだ。

「でもっ」

「いいから、待て」

今はな。

そうつぶやいて、ゼノスは戦いの行方を見つめた。


「厄介……」

ダーク・グリフォンと向かい合うアスカは、息を吐いて首をまわした。

使い慣れた剣を手にしたことで、さっきから全力を出せているが、なかなか仕留めきれない。

怪我や疲労が蓄積していることも原因だが、おそらくもう一つ理由がある。

ダーク・グリフォンの学習能力だ。

相手の想定していない間合いからの一撃が予想よりも浅かったのは、おそらく十年前に一度戦っているからだ。【雷神】と死闘を演じ、若き日のアスカの剣を受けたことを、ダーク・グリフォンは記憶している。

あの頃から自分の技術は遥かに上がっているが、癖《くせ》のようなものは変わらない。

だから、あと一歩が届かないのだ。

この敵に致命傷を与えるには、やはり何か予想外の攻撃が必要だ。

視線の先のダーク・グリフォンはこっちを観察するように、ゆっくりと夜空を旋回している。嘴から溢れる黒い瘴気は、熱線の準備が完了していることを示していた。一定のダメージは与えており、敵もそろそろ勝負を決めたいはずだ。

アスカは指を一本一本動かしてみる。

まだ動く。

ただ、息は上がり、生傷は絶えず、身体のキレははっきりと落ちてきている。

全力の斬撃はおそらく次が最後だ。

「……」

アスカは一瞬後ろを振り返った。

――言っただろ。たまには同行者を信じろって。

漆黒の衣をまとった男と目を合わせて小さく頷く。

そして、魔獣の元へと走り出した。

が――

「……っ」

激しい戦いで山肌の地盤が一部緩み、右足をとられてしまう。

体勢が一瞬崩れたその隙を見逃すダーク・グリフォンではない。

「アァァァァッ！」

灼熱の光線が即座に発射される。咄嗟に身をひねるが右腕をかすめた。

熱すら感じる間もなく左腕の外側が炭へと変わる。

わずかに遅れて激痛が襲ってきた。

「うあああっ！」

「師匠っ！」

ロアの絶叫が闇夜に響き渡り、好機と見たダーク・グリフォンは羽根を畳んで急降下してきた。

次の熱光線を用意するより、直接切り刻んだほうが早いと鋭利な爪《つめ》を立てている。弾丸のような速度で黒い魔獣が滑空、研ぎ澄まされた刃のような爪が間近に迫った。

直後、アスカは平然と顔を上げた。

「――隙あり」

「っ！」

ダーク・グリフォンの黒目が見開かれる。腕の重症火傷はいつの間にか綺麗《きれい》に治っていた。

敢《あ》えてバランスを崩し、わざと熱光線を少し食らったのだ。

本物の痛みと悲鳴であれば、ダーク・グリフォンは追撃をしてくるだろう。意識を刈り取られるほどの痛みと引き換えに、一度きりの好機を得る。

直後に一瞬で治療をしてもらった。

あの男なら、必ず意図を察してくれると思っていた。ロアには敢えて教えず、本気で心配させることで、ダーク・グリフォンに勝機と思わせる。

「《風斬り》」

白剣を横に一閃。

だが――

ダーク・グリフォンは反撃の可能性まで予測していたのか、ぎりぎりで浮かび上がる。

「……っ」

アスカを熱光線から守った時に、ゼノスは防護魔法と治癒魔法を使っている。それをダーク・グリフォンは見ていたのだ。アスカの火傷が治癒される可能性も意識していたのだろう。

決死の一撃は、学習する災害級魔獣の爪先を切り落としただけで終わってしまった。

「オォォォォッ！」

甲高い声で叫んで再び上昇しかけたダーク・グリフォンを見て、それでもアスカは笑った。

「そう来ると思っていた」

「師匠っ！」

すぐ真後ろに人の気配がして、アスカのかがんだ背中に少女の足がかかる。

「ゼノス先生が行けって！」

「うん、待ってた」

弟子のロアはアスカの背中を蹴って、そのまま宙へと飛び上がった。

アスカは同時に手にしていた剣を真上に放り投げる。

「素振りは十分してきたでしょ」

「はいっ！」

剣を両手で掴んだロアが、浮き上がったダーク・グリフォンの真上で上段に構える。

二段構えの戦術だった。

わざと攻撃を受け、ダーク・グリフォンを誘い、直前で治癒してもらう。

それすら読まれることを想定し、敵の意識がこっちに集中している間に、気配を消すのが得意なロアに接近を促してもらった。ダーク・グリフォンがもしもアスカの攻撃を避けた場合に、追撃をしてもらうためだ。

「《筋力強化》」

背後に控えるゼノスの詠唱とともに、ロアの身体が青く輝いた。

ダーク・グリフォンは学習能力が非常に高い。だから、ゼノスはここぞという時まで手の内を見せないようアスカを支援しなかった。

そして、このタイミングでアスカを治癒し、ロアを追撃に向かわせ、彼女を強化する。

勝負所だと察しているのだ。

——助けはいらない……今は。

今は、の言葉に込めた意味まで、あの男は理解してくれていたのだ。

十年前、自分は師匠の足手まといでしかなかった。

でも、今回は心強い味方がいる。

「そして、あなたも」

送った視線の先に、師匠の面影を宿した少女がいる。

「みんなの仇っ！」

急旋回するダーク・グリフォン。だが、ゼノスによって全力で身体強化されたロアの斬撃のほうが一瞬早い。

振り下ろされた神速の一刀に、漆黒の片翼が中央から離断され、魔獣が斜めに落下する。

「ギアァァァァァッ！」

「師匠っ！」

今度は上空のロアが剣を下に落とし、アスカは右手でそれを掴む。

直後、今度はアスカの全身が青い光に包まれた。

ゼノスの能力強化魔法で、身体の底から力がみなぎってくる。

さっきの一撃は敢えて余力を残していた。今、残った全てを解き放つ。

「《風斬り》」

音を置き去りにした斬撃が、大気を抉り、地面を割り、必死にその場を離脱しようとした黒き魔獣の胴体を二つに引き裂いた。

「――――ァァ……」

断末魔の悲鳴すら轟かせることなく、十年の眠りから目覚めたダーク・グリフォンは、今度こそ二度と覚めない眠りに落ちる。

焼け焦げた大地。

折からの突風が、溜まった熱を払い、休火山ダイオスは再びの静寂に包まれた。

こうして本来は人類の歴史に残るであろう究極の戦いは、人知れず終わりを告げたのだった。


「さすがに疲れたな……」

溜め息をついて、肩を落とすゼノスの前で、ロアがアスカの元へと駆け寄る。

「師匠、あ、あたし……」

アスカはぽんとロアの頭に手を乗せた。

「……うん、よくやった。さすが私の弟子」

「……し、師匠っ」

泣き笑いのような表情を浮かべて、ロアは頷いた。

ロアの集落と、アスカの師匠の仇。それが今ようやく討ち倒されたのだ。

そして、アスカの師匠は、同時にロアの父親でもある。

「これは……あなたに託す」

アスカは手にしていた剣を鞘に入れ、おもむろにロアに差し出した。

そして、自分が【雷神】の弟子であったこと、彼が病気でクミル族の集落を離れたこと、十年前のダーク・グリフォンとの戦いで命を落としたこと、その【雷神】は間違いなくロアの父親であったことを告げる。

しばらく驚いたように口を開いていたロアは、やがてゆっくりと首を横に振った。

「ううん……いらない。母さんを放っておいた父親のものだもん。あたしが持っていても仕方がないしさ」

そして、ロアは力強く宣言した。

「あたしは、あたしの剣を追求するんだ」

「そう……」

一度目を閉じたアスカは、やがて瞼《まぶた》を開けてうっすらと微笑を浮かべる。

「自分の剣、か……」

一同はそのまま火口のそばへと移動した。

アスカは白く光る刀剣を、鞘から抜いて眺める。

歴戦の傷跡が無数に刻まれた刀身を眺めて、ぽつりと言った。

「師匠……【雷神】は行方不明という扱いになっていたでしょ」

「ああ、そうだったな」

ゼノスが頷くと、アスカは剣を見たまま続ける。

「私はずっと師匠の死を受け入れられなかった。だから、ギルドにも報告をしていなかった。でも、やっと今……」

そこで言葉を止めて、火口の縁に刀身を突き刺した。

「師匠、お返しします」

遠い山の稜線から薄い朝日が射し込《こ》み、刀身に反射してきらきらと輝く。

それは剣に生きた先代剣聖の墓標のようにも、また手向けられた鋼の花のようにも思えた。

「ゼノス先生、本当にありがとうっ」

「おわっ」

突然ロアが抱き着いてきて、思わずよろめく。

「夢は叶うって本当だった。全部先生のおかげだよ」

「……そうか、って、おいっ」

ロアがどいたと思ったら、アスカも正面からぎゅっと抱きしめてきた。

「本当にあなたのおかげ……ありがとう」

「……」

長い夜が明け、朝の陽《ひ》ざしが現代の剣聖と闇ヒーラーを照らしあげる。

流れる銀色の髪が、鼻先をかすめた。

ゼノスはぽりぽりと頬《ほお》を掻いた後、微笑んで言った。

「報酬はしっかりもらうぞ」

エピローグ

「ふわぁ……」

心地よい馬車の振動を身体に感じながら、ゼノスは大きな欠伸《あくび》をした。

「眠そうじゃのう、ゼノス」

リュックの中から浮遊体の声がする。

「まあな……夜通し山中を走って、Sランクの魔獣と戦ってたんだ。仕方ないだろ」

「ふん、わらわはつまらぬ」

朝が近づいてきたため、カーミラは戦いの途中で木陰がある場所まで戻らざるを得なくなり、最終局面を間近で鑑賞できなかったという。

「じゃが……まあ久しぶりに冒険気分を味わえたわ」

「久しぶり……前もそう言ってたけど、もしかしてお前、三百年前は冒険者だったのか？」

「くくく……そうとも。知る人ぞ知る伝説の冒険者よ」

「伝説の冒険者、本当か？」

「嘘《うそ》じゃ」

「嘘かよっ」

ザグラス地方の任務を終え、冒険者たちは行きと同じようにベイクラッド卿《きょう》が用意した馬車に分かれて乗車していた。

ただ、行きとは違うところもある。

騒がしい少女が座っていた右隣の席は、帰り道では空席になっていた。

クミル族の少女ロアは、剣聖アスカの弟子としてそのまま旅に出ることになったのだ。

「出世払いを忘れるなよ」

別れ際にそう告げると、ロアは得意げに言った。

「うん。いい女になって帰ってくるから、先生と付き合ってあげるよ」

「いや、もうちょっと金銭的なやつで頼む」

「ちょ、ひどっ」

そんなやり取りを思い出し、ゼノスは窓の外へと目をやる。

ベイクラッド卿への諸々の報告はカイゼルがしてくれるそうだ。帰りはなぜか同じ馬車に乗り込んできた目の前の老冒険者が怪訝《けげん》な表情で言う。

「しかし、本当に貴殿の活躍を報告しなくてよいのか？　最後に元凶を打ち倒したのは【銀狼】だろうが、今回の任務の真の立役者は貴殿であろう」

「冒険者時代に毎日やっていたことをしただけだ。大袈裟《おおげさ》に言うほどのことじゃないさ。俺《おれ》の取り分はアスカが届けてくれるしな」

それにＳ級魔獣との決戦は【銀狼】の超絶剣技とロアの不意打ちがなければ成し得なかったし、

襲撃された山小屋の冒険者たちをカイゼルとジョゼに任せることができたから【銀狼】の支援に向かうことができた。

「己《おのれ》より他者を称えるか……貴殿には二度負けた気がするな」

カイゼルは腕を組んで、苦笑する。

今回の報酬は活躍に応じて冒険者ギルドの口座へと振り込まれることになる。貧民のゼノスには当然口座などないため、ダーク・グリフォンを打ち倒し、最も多くの報酬を受け取るであろうアスカが、旅から戻ったら半分に分けて届けてくれるらしい。

「あなたには、また会いたいから」

確かアスカはそう言っていた。

「くくく……新たな恋の火種の予感」

「お前、楽しそうだな？」

ゼノスはリュックを横目で睨《にら》む。

ちなみに【髑髏犬《どくろいぬ》】のビーゴたちは逃げるように途中の街で馬車を降りたようだ。

「僕はもう冒険はこりごりだね」

左隣に座る現役《げんえき》最年少の特級治癒師《ちゆし》は、さっきからぶすっとした顔で本を読んでいる。

「ところでジョゼは何を読んでるんだ？」

「……治癒魔法学の基礎の教科書。シャルバード先生に無理やり持たされたやつ」

「へぇ」

ぱたんと本を閉じたジョゼは、微妙に頬《ほお》を赤くしながらゼノスを睨んで言った。

「べ、別におたくに触発された訳じゃないからねっ。そろそろもう一度基礎固めしようと思ってた頃だし」

「いいんじゃないか」

ゼノスは微笑んで、背もたれに身体を預けた。

馬車は一路王都を目指して進んでいく。

抱えるリュックの中から、ぼそりとつぶやきが漏《も》れてきた。

「しかし……誰《だれ》かを忘れておるような気もするのぅ」

＋＋＋

「ひいいっ！」

その頃、奥深い山中で、黒髪に旅人のローブをまとった女が、叫びながら目を覚ました。

魔獣使いのミザリーだ。

ミザリーは茫然《ぼうぜん》とした様子で、きょろきょろと辺りを見回す。

「あれ、な、何が起きたんだっけ」

確か七大貴族がスポンサーを務めるザグラス地方の冒険に参加。

食事に特殊加工した吸血獣の卵を仕込み、有力冒険者たちを一網打尽にしようとした。

だが、山に漂う危険な雰囲気を感じ取って、早めに冒険を離脱しようと決意。

その後がなぜかぼんやりしている。

「というか、やばい気配が消えてる？　え、なに、なにがどうなったの？」

ミザリーは這《は》うようにして山道を登り、冒険者たちが駐屯していた山小屋へと戻った。

広場にたどり着いたミザリーはその場で息を呑《の》む。

「なに、これ……」

その場所は確かに存在しており、一連の冒険は確かに夢ではなさそうだ。

だが、よくわからないのは、小屋そのものはまるで凶悪な何かに襲撃された後のように、ほぼ全壊している。それなのに冒険者の死骸らしきものは一つもない。

状況は不明だが、少なくとも自身の試みも失敗したと考えてよさそうだ。

ミザリーは悔しげに爪《つめ》を噛む。

「くそっ、なんで？　せっかくこの国の重要戦力を削る絶好の機会だったのに。今度こそ……」

そこまでつぶやいたところで、急に手足がしびれ出した。

――今後悪事を働こうとしたら、今日のトラウマを思い出し、全身が金縛りになるまじないをかけておいたぞ。

脳裏に妖しげな女の顔と声が蘇《よみがえ》り、全身が金縛りにあう。

「ひいいいっ、な、なにこれぇぇっ」

ミザリーの甲高い悲鳴が、空しく山にこだまするのだった。

エピローグⅡ

七大貴族筆頭、ベイクラッド卿《きょう》の屋敷の応接室に、カイゼルよりザグラス地方の任務完了の一報が届いたのは数日後のことだった。

同席していた他の七大貴族たちの間に、喜びと安堵《あんど》の空気が流れる。

「まさか十年前の災害級魔獣目撃の話が本当だったとは……」

「しかも、それが復活したというのは恐ろしい話だ」

「いやはや、さすがは剣聖ですな」

「特級治癒師《ちゆし》と槍《やり》無双の活躍も見逃せない」

沸き立つ大貴族たちの中で、ギース卿が腕を組んで小さく鼻を鳴らした。

「……おめでとう、次期ベイクラッド卿。今回は貴公の功績ということでしょうな」

「いえ、皆の勝利ですよ」

アルバート・ベイクラッドは微笑を浮かべると、「ちょっと失礼」と言って席を立った。

そのまま廊下に出ると、報告を終えて帰途につこうとしていた老冒険者を廊下で呼び止める。

「少しいいかな」

「は、いかがなされました」

立ち止まったカイゼルは振り返って膝《ひざ》をついた。

アルバートは周囲を一度確認した後、口を開いた。

「今回の参加者の中に、ゼノスという男がいなかったかい」

「はて……いたような、いなかったような」

「参加しているという情報は得ているんだ。だが、君の報告には名前が出てこなかった。つまり、印象に残らない程度の人物だったということかな」

「おそらくそうでしょうな。それでは失礼致します」

「待て。それは本当かい？」

立ち上がったカイゼルは少し黙った後、深々と頭を下げ、踵《きびす》を返した。

「友のことを軽々しく口にはできませぬ」

「はっ」

アルバートは口の端を持ち上げ、老冒険者の分厚い背中を見送る。

「やはり面白《おもしろ》いな……」

そうつぶやくと、上機嫌で応接室へと引き返した。

＋＋＋

同時刻。

七大貴族の一角、ミネルヴァ卿の屋敷に別の報告がもたらされていた。

「聖女様のお言葉がありました」

そう告げた使者は、喉《のど》を鳴らして続きを口にした。

【最重症】の凶星はまだ消えていない——

書き下ろし短編

彼女の印象

とある地方の森の中。草原を思わせる緑色の髪をした褐色肌の少女が、焚《た》き火で炙《あぶ》った歪な形の根菜を串に刺し、正面に座る美貌の女剣士に差し出した。

「ほら。焼けたよ、師匠」

しかし、流れるような銀髪をしたブラックランクの冒険者――アスカ・フォリックスはそれを見て、首を横に振った。

「私はいい」

「食べたほうがいいよ。師匠は普段からあんまり食べないし。これ見た目は変だけど、栄養あるんだよ」

「狩りの時は空腹のほうが神経が研ぎ澄まされるから」

師の言葉に、彼女の弟子――ロアは溜め息をついて言った。

「しばらく師匠と旅をして思ったんだけど……師匠ってば実は狩りに備えてるんじゃなくて、単に好き嫌いが多いだけじゃ？」

「……そ……そんなこと……ない」

「どうして目を逸らすの、師匠っ」

「あ〜眠いな。そろそろ寝ようかな」

「もうっ」

いそいそと寝袋の準備を始める剣聖を、ロアは頬を膨らませて見つめた。

「ご飯は食べない。睡眠時間はばらばら。そんなんじゃ身体によくないよ。昨日だって道端で急に横になるから、通りすがりのおじさんびっくりしてたじゃんか」

「そうだっけ」

「え、覚えてない？」

「印象には残ってないな……」

ぼんやりと宙を眺めるアスカを見て、ロアは思う。

そういえば師匠は人のことを覚えるのが苦手だと前に言っていた。

圧倒的な剣の才能は、一般的な認知能力や生活能力と引き換えに得たものなのかもしれない。

ロアはごくりと喉を鳴らした。

「ね、ねえ、師匠。さすがに私の名前は……わかるよね？」

「ええと……」

「えっ、嘘でしょ？」

「冗談。あれだけしつこく付きまとわれたから、さすがにロアのことは覚えた。幾らなんでも弟子のことまでは忘れない。師匠を馬鹿にしすぎ」

「ご、ごめんなさい……」

「ロアは私の師匠の娘。顔が似ているから覚えやすい」

「え、【雷神】とセット?」

「……冗談」

「師匠、視線を逸らさないでっ」

あながち冗談でもなさそうなところが恐ろしい。

師匠の他人への印象というのは一体どうなっているのだろう。

「そんなんで大丈夫? 師匠、よく今まで一人でやってこれたね」

「失礼。ちゃんと覚えるべき人は覚えてるもの」

アスカはむぅと口を尖《とが》らせる。

ロアは少し試してみることにした。

「じゃあさ、前にザグラス地方の冒険をしたよね。カイゼルさんのことは覚えてる?」

「カイゼル……」

アスカはその名を口にした後、ゆっくり頷いた。

「うん、あの大きなおじいちゃん」

間違ってはいない。さすがにプラチナクラスの冒険者のことは印象に残っていたようだ。

「じゃあ、ジョゼのことは?」

「ジョゼ……?」

アスカは形の良い顎に指を当てた。ややあって得意げに鼻を鳴らす。

「勿論覚えてる。治療が得意な可愛い娘《こ》でしょ」

「ぶっ」

ロアは思わず吹き出してしまう。

「なに？」

「な、なんでもない。合ってるよ、師匠」

苦笑しながら、ロアは言った。

性別は間違えているが。

だけど、カイゼルも勘違いしていたし、まあいいだろう。

「じゃあ、【髑髏犬《どくろいぬ》】のビーゴは？」

「ビ……誰？」

「いや、いいや……」

今度は考える素振りすらない。

あれだけ絡んでもずっと覚えられない男、ビーゴ。なんだか可哀《かわい》そうに思えてきた。

ロアは少し前かがみになって最後の質問をする。

「じゃあさ、ゼノス先生は？」

「……」

アスカはしばらく沈黙していた。

さすがにあの人を忘れることはないと思っていたのでロアは困惑する。

だが――

「あれ？　なんだか師匠の顔が少し赤いような……？」

「そ……そんなことない。焚き火のせい」

「へ～」

「な、なに……？」

「ううん。でも、ゼノス先生もよく言っていたよ。ちゃんと食べて、ちゃんと寝るのが大事だって」

「む……」

軽く呻いたアスカは、眉根を寄せて、串に刺さった歪な形の根菜を見つめる。

「じゃあ…………食べる」

色の薄い唇をもそもそと動かしながら、アスカはじろりと弟子を睨《にら》んだ。

「どうして、にやにやしてるの」

「なんでもありません、師匠っ」

鬱蒼《うっそう》とした森の中で、剣聖と弟子の掛け合いがささやかに響いた。

一瞬で治療していたのに役立たずと追放された天才治癒師、闇ヒーラーとして楽しく生きる

あとがき

どうも、菱川《ひしかわ》さかくです。

このたびは『一瞬で治療していたのに役立たずと追放された天才治癒師、闇ヒーラーとして楽しく生きる』の6巻をお手に取ってくださり、ありがとうございました。


なんと！

なんと！

なんと！

このたび闇ヒーラーの【アニメ化】が決まりました！

ううぁうあおｔｈっじあひへひあああおおおぉおおああああふぃえじおあじおｆへいあおひはふぉいえおｆはさっふぃはいひえおふぇあｊ！（錯乱）

少し取り乱してしまいましたが、数年前に気軽にウェブ投稿を始めた時には、本作が書籍化され、コミカライズされ、更にアニメ化までされることになろうとは露ほども思っていませんでした。

これもひとえに皆様の応援のおかげです。本当にありがとうございます。

うねうね動いて喋るゼノスやリリやカーミラ達を見られると思うと感慨深いですね。よいものになるよう関係者一同頑張っていく所存ですので、続報をお待ち頂ければと思います。

また、闇ヒーラーがウェブトゥーン化されることも新たに決定しました！

重ねてありがとうございます。

こちらは小説やコミカライズとは別の完全オリジナルストーリーになる予定です。新キャラクターも登場しますので、ウェブトゥーン版の闇ヒーラーも是非是非楽しみにお待ち下さい。


という訳で、謝辞に移ります。

今回も担当編集様を始め、ＧＡノベル編集部に関わる皆様、本作の出版にご尽力いただきましてありがとうございました。

イラスト担当のだぶ竜先生、いつも自分が描いたのではないかと勘違いしそうなほどイメージばっちりのキャラデザありがとうございます。引き続き宜しくお願いします！

コミカライズ担当の十乃壱天先生、本作のアニメ化はコミック版の大好評が大きな後押しになったと思います。コミック３巻も同時期発売なのでこちらも是非！

また、ウェブ版を見て頂けている方もありがとうございます。感想など大変励みになっております。そして、いつものごとく、本作を購読くださった読者様に最大限の感謝をお伝えしたく！

小説、コミック、アニメ、ウェブトゥーンと広がる闇ヒーラーの世界を引き続き楽しんでもらえれば幸いです。

それではまた、お会いできることを願いまして。

GAノベル

一瞬《いっしゅん》で治療《ちりょう》していたのに
役立《やくた》たずと追放《ついほう》された天才治癒師《てんさいちゆし》、
闇《やみ》ヒーラーとして楽《たの》しく生《い》きる 6

2024年3月31日　初版第一刷発行

著者　菱川さかく

発行者　小川 淳

発行所　SBクリエイティブ株式会社
〒105-0001　東京都港区虎ノ門2-2-1

装丁　AFTERGLOW

印刷・製本　中央精版印刷株式会社

ISBN978-4-8156-2465-1
Printed in Japan

ファンレター、作品のご感想をお待ちしております。

〒105-0001　東京都港区虎ノ門2-2-1
SBクリエイティブ株式会社
GA文庫編集部 気付

「菱川さかく先生」係
「だぶ竜先生」係

本書に関するご意見・ご感想は
下のQRコードよりお寄せください。
※アクセスの際に発生する通信費等はご負担ください。

https://ga.sbcr.jp/